集英社オレンジ文庫

謎解きはダブルキャストで

ひずき優

本書は書き下ろしです。

contents

目次

Solve the mystery
with
a double cast

第一幕

『美園(みその)さん！　美園さん⁉』

夜、街灯の明かりを背景に、ひどく青ざめた顔がオレをのぞき込んでいた。

真っ青でこわばった、けれどそんな表情にすらつい見とれてしまいそうなほど端整な顔。

場所は屋外――茂みの多い様子から察するに公園か何かか。オレは倒れているようだ。

それは奇妙なことだった。

まずオレはその相手――今をときめく売れっ子俳優と、夜にふたりで会うような関係ではない。

加えて自分は「美園さん」でもない。にもかかわらずそいつは眉根に皺(しわ)を寄せて何度もそう呼び、肩を揺さぶってきた。

『今、タクシー呼んでくるから……っ』

ややあってあたりを見まわした彼は、オレをその場に寝かせてどこかへ走っていく。しばらくして戻ってくると、今度はひょいと抱き上げて通りへと運び、停車していたタクシーの後部座席に寝かせる。

いや待て待て待て、オレそんなに軽くないし！

頭の中で驚いているというのに身体(からだ)はピクリとも動かない。その間に、彼自身は助手席に乗り込み――

そこで目が覚めた。

（夢……）

意味不明な夢をぼんやりと思い返していた時から、どこか違和感があった。見慣れない天井、自分のものではない寝具。身を起こしてみれば、着ているのも知らないスウェットとTシャツだったりする。

（えっ？）

オレ——鷹山粋（二十一歳、職業・俳優）は、目をしばたたかせた後、あわてて起き上がった。

「ここどこ……!?」

取り柄のひとつである大きな声でわめき、あたりを見まわす。

とっさに考えたのは、前夜に飲み潰れて、誰か友達の家にでも運び込まれたかということ。だがしかし——

（や、ちがうな）

そこはモノトーンで統一された広い部屋だった。おまけに机や他の家具がない。独立した寝室のようだ。

空調が効いているのか、部屋の中は暑くもなく寒くもないちょうどいい温度に保たれ、空気はカラッと乾いている。

梅雨明けした七月。じめっとした暑さが常にまとわりついてくる時期だというのに。

（オレの友達に、こんなデカくて快適な家に住んでいるやつなんかいるはずない……！）

手の届く範囲にいる知り合いの多くは俳優か、文化人という、名乗った者勝ちだが食べていけなくて副業を余儀なくされている（そして副業のほうが稼ぎのいい）愛すべき人間たちだ。ほぼ全員せまいワンルームに住んでいる。

（もしかしてオレ、なんか偉い人の前で粗相した……!?）

ヤバい緊張に心臓がドキドキと騒ぎ始める。

折しも大きな仕事が決まったばかり。昨日はその顔合わせがあった。そのまま飲みに……いや、偉い人たちとは行っていない。だんだんと思い出してくる。

（昨夜のはいつものメンバーでぐだぐだ飲み明かすコースだった）

周囲を見ながらベッドから降りようとして、足の裏をくすぐられる感触に「うわっ!?」と声を上げた。とたん、バランスをくずして転がり落ちる。

「いぃっ……たくない……」

くすぐったく感じたのは、床に敷かれているふわふわなラグだった。毛足の長い敷物の上から這ってフローリングの床にまで移動し、そこで立ち上がると、横手にドアのない入り口のようなものがある。中は細長い部屋で、奥に向けてずらっと服が並んでいた。棚にしまわれているものや、ハンガーで吊るされているものもある。

（うへぇ～！　これウォークインクローゼットってやつか!?）

単語を聞いたことはあるものの実際に目にするのは初めてだ。

照明をつけて中に入っていくと、正面に誰かがいた。

「えっ？　うわぁ……っ!?」

飛び上がり、あわてて外までさがる。

「悪い、いるの知らなくて、勝手に入って……！」

この部屋の本来の主か。とっさにそう考えて謝ったものの、相手の反応はない。部屋はシンと静まり返っている。

「――……」

もう一度恐る恐る中に入っていき、よく見ると、奥に大きな姿見があるのがわかった。さっき人影と思ったのは、鏡に映った自分だったのだ。

（なんだよ……！）

早とちりで焦った自分に毒づき、ずかずかと姿見に近づいていく。その途中、再び凍りついた。

「え？」

鏡の中には明らかに自分ではない人間がいた。

身長は一八五センチ強。顔が小さくて手足の長い、均整のとれた八等身。小さな顔は彫りが深く、嫌味なくらい鼻筋がすっと通っており、はっきりくっきりした目や、男らしい口元と合わせて、ぼさぼさの髪でも損なわれないイケメンっぷりを発揮している。

まだ新しいスウェットとTシャツを身につけたイケメンは、あ然とした顔でこちらを見ていた。

「えぇっ？」

思わず振り返る。が、背後には誰もいない。そもそも自分が振り返るのに合わせて、鏡の中のイケメンも振り返っている。

「えぇぇっ⁉」

ゆっくりと両手を上げると、イケメンも両手を上げた。足踏みをすれば、鏡の中でも足踏みをし、腰を振って変なダンスを踊れば、同じように変なダンスを踊る……。

「えぇぇ⁉⁉　オレ、売れっ子俳優⁉　え、待って、どゆこと⁉」

鏡の中の人物は、さっき夢に出てきたばかり。いやというほど見覚えがあった。

香乃夏流(こうのなつる)。今もっとも売れている若手俳優のひとりで、ドラマにCMにファッション誌の表紙にと、目にしない日がない顔だ。まちがえようがない。

そしてオレはその真逆というか、売れない俳優である。

本物の鷹山粋はこんな目立つイケメンではなく、中肉中背の塩顔——低くはない身長、悪くはない顔、実力はあるものの全体的にぱっとしないという、この業界に掃いて捨てるほどいる日の当たらない役者……のはずだった。昨日までは。

「いや……待て待て待て！　落ち着け、落ち着くんだ、オレ……！」

とりあえず昨夜何があったのか思い出そう。

その場に座り込んで胡坐（あぐら）をかき、両手で頭を抱えて記憶を遡（さかのぼ）る。

（昨日は――）

舞台「ルシア」の顔合わせだった。千席規模の劇場で二週間にわたって公演を打つ商業演劇だ。

主演は香乃夏流と、人気アイドルグループ「乙女（おとめ）ろまん部」のセンター・美園花音（かのん）。さらに演出を手掛けるのは加瀬藤吾（かせとうご）。演劇界はもちろん、ドラマや映画業界でも名の知られる若手演出家にして、香乃夏流の叔父である。誰が見ても、主演ふたりのために用意された企画だった。

ともあれ大手主催の舞台は世間の注目度も段違い。主演を除く五名のメインキャスト、十名のアンサンブルのオーディションには大舞台を夢見る役者が大勢集まった。もちろんオレもそのうちのひとり。

赤ん坊の頃にデビューしてより二十一年。ブレイクしないまま大人になった元子役という人生の中で、ゆうに千回はオーディションに落ちてきた。そんな不発不遇の日常が一転、舞台「ルシア」のオーディションでは高い倍率を制して、奇跡的にメインキャストの座を射止めた。

人生に二度とない大きなチャンスである。

（ここでガツンと名前を売ってみせる！）

という意気込みたっぷり、昨日の顔合わせと台本の読み合わせに臨んだ。

幸い、主演の片割れである花音は子役時代に知り合い、今も親しくしている幼なじみである。稽古場のスタジオに行くと、彼女のほうから声をかけてきた。話をしているうちに他の役者もやってきた。

開始時刻の五分前には、香乃夏流以外の関係者全員が顔をそろえていた。そんな中、スタッフが事務的に告げてくる。

『香乃さん、たった今、前の現場を出られたそうで、少し遅れるそうです』

『今？』

一番若い共演者である門司光之介が声を上げる。オレもまったく同感。が、表に出さない分別はある。

そもそも夏流は先月行われた制作発表の際にも、周りを取り巻きのスタッフに囲まれて、気難しい顔でスマホをいじるばかりで、共演者に歩み寄ろうとする姿勢がなかった。その後の会見でも、質問にろくな答えを返さないぬるい仕事ぶりで記者たちを呆れさせていた。

まだ十八歳の新人だという光之介は、そのへんへの疑念も含め、思わずつぶやいてしまったのだろう。言ってから、しまったとばかり口を押さえる光之介に、オレは『そんなもん、そんなもん』と軽く返した。

『売れてる俳優のスケジュールって超過密だし、ひとつが押すと、そのまま後にずれ込んでいくからな。仕方ない』

と、横から花音がからかい口調で言ってくる。

『実感こもった言い方～』

『うるせぇ、昔はそこそこ売れてた時期もあったんだよ！』

オレの返しに周りが笑った。光之介がすかさず言う。

『あ、なんかすみません』

『謝るな！』

声を張り上げ、パイプ椅子（いす）の背に腕をかけてそっくり返ってみせた。

『気にしてないからな！　オレ全っ然気にしてないからな！』

『何度も言うと、わりと気にしてることバレちゃうよ』

花音のツッコミに再び周りが笑う。主役の遅刻で悪くなりかけた雰囲気が和（やわ）らいだ。よし。

これから公演が終わるまで一ヶ月以上、毎日のように顔を合わせることになる。現場の空気は良くしておくに越したことがない。

　さらになんとか間を持たせようと口を開く。

『花音は、芝居は今まで映像の仕事ばっかで、舞台に立つのは初めてだよな』

『うん』

『映像と舞台の演技って、けっこう差があるぞー』

『あーそれね。噂には聞いてるけど……』

　花音の返事に、予想通り他の共演者たちも話題に食いついてきた。役者は芝居の話をするのが好きな生き物だ。まったく知らない相手とも盛り上がれる。それぞれの経験を通しての意見を交わしているうち、あっという間に一時間近く経過する。

　俳優たちが和気藹々とやっているため、テーブルにつく他の関係者ものんびりとスマホをいじるか、近くの人と話して過ごしている。

　そして、そう――。

　そこに遅刻した香乃夏流が入ってきたのだった。


　部屋に入ってきた彼は、一瞬でその場にいた人間の目を奪った。

　首元が大きく開いたビンテージTシャツに細身のデニムパンツ、頭にはバケットハット。

ごくシンプルな装いにもかかわらず、主役になるのはこういう人間としか言いようのない華がある。

一八五センチの高みからその場を一瞥した夏流は、言葉を失う一同の前で小さく頭を下げ、帽子の下でぼそりと言った。

『遅れてすみません。エドガー役をやらせていただく美咲プロの香乃夏流です』

言葉遣いは丁寧だったものの、印象は悪かった。それでなくても主役の到着を待って、開始が一時間近く遅れているというのに。わかっているのかいないのか、悪びれる様子がまったくない。

ロの字に並べた長テーブルにつく他の面々も、やや白けた雰囲気になる。

彼の横でマネージャーと思われる女性が深々と頭を下げた。

『申し訳ありません！　前の仕事が押してしまいまして！　今後気をつけます！』

（いやそれ自分で言うべきだろ！）

第一印象から生まれた反感が水位を増す。

そりゃあ売れっ子はスケジュールもぎゅうぎゅうに詰まっているのだろうけど？　そもそも自分がいなければ成り立たない舞台と思えば、恐縮する気にもならないかもしれないけど？　加えてまとめ役の演出家が自分の叔父となれば、怖いもんなしかもしれないけど？

役者としての妬(ねた)みひがみ嫉(そね)みも手伝って、皮肉味たっぷり考える。と——視線からそんな内心が伝わったのか。席に着く際、夏流はこちらをはっきり睨(にら)みつけてきた。

（……はぁ!?）

ただでさえ強烈に目力のある視線で見据えられ、腹の奥がざらりとする。

どうやら自分に向けられる非難にだけは敏感なようだ。とはいえ。

（オレが悪いのかよ!?）

不快さを飲み込み、何とか目を逸(そ)らす。落ち着け。相手は主役様だ。

テーブルにつく者同士で軽い自己紹介をした後、早速皆で台本を読み合わせる「台本(ほん)読み」の作業に入った。そこでも夏流の態度は目に余った。

まず室内だというのに帽子をかぶったまま。おまけに誰とも目を合わせようとせず、下を向いてぼそぼそとセリフを言うばかり。

（下手(へた)くそが……）

そもそも言うだけでいっぱいいっぱいの様子だ。演技プランなどはなさそうに見えた。実際、他の俳優たちが解釈やアイディアを話し合っている時も少しも入ってこない。

もうひとりの主演である花音が、慣れないなりに一生懸命参加し、積極的に発言をするため、余計に夏流は悪目立ちしている。

自分が下手な自覚はあるのだろう。しかし引け目に感じているのを隠そうとしてか、終始ふてくされたような、機嫌の悪い空気を漂わせるのはいかがなものかと！

（子供かよ……!?）

腹の中でいらだちが募っていく。そう感じるのはオレだけではなかったようで、開始までせっかく和んでいた場の空気も、少しずつ緊張を増していった。それまで公私の別をつけていた演出家の加瀬藤吾までもが、思わず叔父の顔に戻り、とまどいまじりに声をかける。

『おい、夏流。どうした。少しリラックスしろ』

『してますけど』

（あぁん？）

その返事がまたありえない。演出家に気を使わせながら、それを意に介さないとはどういうふてぶてしさだ。この時点で、こっちとしてはかなり許容量ギリギリだった。

舞台は皆で作り上げるもの。皆が互いを尊重し合わなければ、いい作品は作れない。そんなのは他の現場でも同じはず。これまでいろんな場所で仕事をしていたのなら、言われなくてもわかりそうなものだ。

それとも夏流はいつもこんな感じに振る舞って、周りに負担を強いているのだろうか？だから空気なんか気にしないって？

（主役だからって甘えてんじゃねぇよ——）

不快指数はますます上昇し、危険な水位にまで達しそうになる。そしてついにその時が来た。

四十路(よそじ)に近いベテラン俳優が提案した意見に、夏流がぶっきらぼうに返したのである。

『そう思うなら、それでいいんじゃないですか』

ブチ！　と――忍耐袋の緒(お)が切れる音を、オレは確かに聞いた。そして気づけば口を開いていた。

『いいかげん帽子取れよ。表情が見えなくてやりにくいんだよ』

声は思った以上にきつく響いてしまった。だがおそらく、その場にいる皆の一致した意見だったはずだ。……皆、もう少し穏便に言えとも思っているだろうが。

スタジオ中がシン、と静まり返る。

静寂の中で夏流はバケットハットを取ってテーブルに置き、こっちを睨んできた。例の、刺すような目を向けてくる。圧がすごい。

『取りました。これでいいですか』

（なんだこいつ――）

オレのボルテージが上がったのを察したのだろう。加瀬さんがすかさず声を上げる。

『あぁ、もう五時か。いったん休憩！』

部屋全体がホッとした空気に包まれた。しかしそれもつかの間、夏流のマネージャーがまたしても皆に向けて深々と頭を下げる。

『すみません！　香乃は次の仕事がありますので、ここで失礼させていただきます！　申し訳ありません！　今後ともよろしくお願いします！』

そうしながら、彼女は夏流に手を振って早く部屋を出るよう促した。夏流はまた帽子をかぶり、申し訳程度に頭を下げてぼそりと言う。

『おつかれっした』

そして台本だけを手にさっさと出て行こうとする。

業界歴二十一年の中で培ってきた自制心が、ついにガラガラと音を立ててくずれていった。その下からマグマのような怒りが噴き上がる。

『早退の詫びくらい自分で言え！』

パイプ椅子を蹴って立ち上がったオレを、夏流が驚いた顔で振り返った。

『粋！』

袖をつかんで止めてくる花音を振り払い、大股で夏流のほうに向かった。と、『おい！』『マズい！』と他の出演者たちもあわてて立ち上がる。かまわず夏流に詰め寄った。

『何なんだおまえさっきから！　いくら主演ったって今どきその態度はないわ！　ってか主演だからこそ現場の空気を大事にしなきゃなんねぇんだろうが！　売れてる俳優はそんなに偉いのかよ!?』

長身の相手につかみかかろうとした矢先、駆けつけた他の出演者たちが飛びかかってきてオレを羽交い絞めにする。

『粋、ダメ！　クビになりたいの⁉』

花音が険しい声で迫ってくる。

『けど！』

もっと言ってやろうと睨みつけた視線の先で、マネージャーが夏流の背中を押して強引に部屋から出してしまう。肝心（かんじん）の夏流の反論はないまま。マネージャーはこっちに非難めいた目を向けて去っていった……。

※

「そうそう、そうだった」

ウォークインクローゼットの床に胡坐をかいたまま、まだ違和感をぬぐいきれない他人の声でつぶやいた。

あの後、『意見する時はもう少し穏やかに丁寧に！』と、皆の前で花音に説教されるはしなかった。

めになった。おかげで偉い人から大目玉を食らう事態にはならなかったが、何だか釈然と

「そんで頭に来て、終わった後でいつメンと飲んで……」

いつものメンバーとは、この仕事を続けるうちに知り合った同世代の役者や演劇関係者である。チェーン店の居酒屋でビールやチューハイをあおりながら、互いにうまくいかない現実をぼやき合う仲間だ。台本読みの時の鬱憤を話すつもりで出向いたものの、その前に学生演劇出身の女優が披露した、ギャラ飲みのバイトに行ったら自分の他に元共演者の女優がふたりもいたという話に笑っているうち、気づけばイライラを忘れていた。

『手っ取り早く稼げるからね。一緒にお酒飲んで、楽しくしゃべるだけでいいし、拘束時間も短いし。私たちみたいに前もってシフトが決めにくい人が集まりやすいんだよ』

女優の言葉に思わず『いいな〜』とつぶやいたところ、女性陣がすかさず返してきた。

『最近、男でもギャラ飲みの需要あるよ』

『ただしイケメンに限るけど』

さらりと言ってケラケラ笑う。オレは『そこな！』と大声で返した。

『ボクいけるかも？』

仲間の中で、顔のいい俳優が皆に同意を求めるも、女性陣は『ダメダメ』と却下する。

『お金をもらう以上、ちゃんと場を盛り上げなくちゃいけないんだから。枠みたいに周り

に気遣いできる男じゃないと無理』

信頼に満ちた言葉に、台本読みでキレた瞬間を思い出し、ちょっとだけ微妙な気持ちになる。いやいや、あれは明らかにあっちが悪い！

『じゃあオレ合格？』

自分を指して愛想よく問うも、容赦(ようしゃ)のない答えが返ってきた。

『中身はね。イケメンに限るって言ったでしょ』

『性格が粋で、顔が香乃夏流ならギャラが限界突破しそう！』

周りがゲラゲラ受ける中、オレだけ笑うに笑えず大声で梅サワーを注文した。

夜の八時から三時間ほど。飲んで笑って騒いでいる間、自分のスマホが鳴り続けているのに気づいたが、見て見ぬふりをした。花音からの着信だったせいだ。どうせ今後のために形だけでも夏流に謝っとけとか何とか、意見するつもりだろう。

「それから——そうだ、うちに来たんだ」

何度かけても電話を無視された花音は、実力行使のつもりか、オレの家にまでやってきた。

（……いや？）

今思い返すと何か違和感があった。

そもそも謝ったほうがいいと言うためだけに、わざわざ家まで来るか？　日を改めて電話するか、次に会った時にでも言えばいいことだ。加えて。

「あ……！」

木造アパート二階の部屋の前で待っていた彼女は、どこか様子がおかしかった。カンカンうるさい金属製の外階段を上ってその姿に気づいた時、彼女は何というか……微妙に身体が透けていて、なぜだか向こう側の景色が見えたのだ。

きっとオレはものすごく酔っていたのだろう。

ドアの前で向かい合うと、花音はトップアイドルの名にふさわしい、とびきりかわいい笑顔を浮かべた。

《ひとつだけ言っとく。絶対に粋のせいじゃない。だから自分を責めたりしないでね。……でも最後にちょっとだけ、いい？》

そう言うと、彼女は体重を感じさせない動きで、強烈なハイキックを食らわしてくる。

その瞬間、何かとても嫌な感覚があった。ズレてはならないものがズレたというのか、離れてはいけないものが離れたとでもいうのか。とにかく異様な、ぞっとするような、本来ありえない何かが自分の身に起きた気がした。

同時に身体が階段を転がり落ちていく。

《電話には出てほしかったかな！》

地上まで落ちたというのに、痛みや衝撃はまったく感じなかった。むしろ奇妙にふわふわした感覚の中でもがいていると、高いところで花音の声が響く。

《今までありがと。バイバイ》

不思議なことに声はどんどん高い場所へ離れていった。いったいどこへ昇っていこうというのか。

待て花音、何の話？　そう訊きたかったのに、声は出てこなかった。意識が圧倒的な闇に呑み込まれてしまったのだ。それから――それから？

「あれだ。さっきまで夢、見てた……」

香乃夏流が、『美園さん！』と呼びながらオレを揺さぶっていた――あの、奇妙な夢。あれはいったい何だったのか。

「つまりオレは、花音目線であの場にいたってこと……？」

がしかし、それにしてもやっぱり変だ。

「夏流と花音は『ルシア』が初共演で、その前には接点なかったって聞いたけど……」

姿見を眺めながら、がりがりと頭をかく。

知り合いでもないふたりが、夜に密会などするわけがない。

「いや、まぁあれは夢なんだけど――」

夢なんだからありえなくて当然。でも混乱した。なにせ夢にしては妙にリアルだった。

夏流は昼間の台本読みの時と同じビンテージTシャツを身に着けていた。夢では、さらにその上にカーディガンをはおっていたが……。

「……そうだ！」

しばし姿見を眺めた後、跳ねるように立ち上がった。バタバタと寝室を出て、見覚えのない家の中を走りまわる。

寝室の広さから想像はついたが、どうやらここは高級マンションのようだ。寝室の他に、書斎と思われる部屋がもうひとつあり、あとはグランドピアノの置かれた広いリビングと、シーザーストーンのカウンターキッチンがある。もちろんトイレは独立している。そしてどこも天井が高い！

特にリビングの広さが魅力的だった。

（ピアノやソファをどかせば殺陣の練習もできそう）

セリフの練習も、何時だろうが人の耳を気にせずにすみそうだ。

「いや、そうじゃなくて……っ」

ドアというドアを開いてまわり、最後に目当てのものを見つけた。バスルームの脱衣所にある洗濯かごである。中に入っている服を取り出して思いきり広げた。

「……あった……」

ビンテージTシャツの他に、まさに夢で見たカーディガンがそこにある。

「待て。落ち着け。どういうことだ……？」

夢は実際に起きたことだとでもいうのだろうか？

その時、ヴー、ヴー、ヴー、とリビングのほうからスマホの振動音が聞こえてきた。カーディガンをかごの中に戻し、あわててリビングに移動する。

カウンターキッチンの端に置かれた充電器上のスマホを見たところ、「剣持萌子（けんもちもえこ）」という名前が目に入った。

「確か香乃のマネージャーの名前……」

スマホを手に取ったものの、電話に出ていいのか迷っていると着信は切れた。しかしすぐに留守電の通知が入る。

「…………」

今起きていることが現実で、しばらくこのまま夏流として振る舞わなければならないなら、出たほうがいい。もしこれも夢なら何をしたって問題ない。そう考え、迷いながらも留守電サービスのボタンをタップした。機械音声による案内の後、女性の声が聞こえてくる。

『もしもし、剣持です。たった今「ルシア」の制作さんから連絡があったのですが……』

少しためらうような言葉は、震えているようだった。

『……今朝方、美園花音さんが亡くなったそうです。くわしいことはわかりませんが、自殺だと思われるとのことです。今後について相談したいので、今からそっちに向かいます。

家を出ないで待っていてください。あ、あと今日の「ルシア」の稽古は中止になります。よろしくお願いします。失礼します』

「……え？」

静かなリビングに、ぽつりと声が響く。

先ほど目を覚ましてから何度もつぶやいた。その中でもひときわ特大の「え？」だ。

スマホを見つめたまま頭が真っ白になる。

花音が死んだ？　それも自殺？　何を言っているのかわからない。

「いや、まさか……うそ！　うそだ、うそ……」

（そんなはずない。だって昨日の夜、家の前で会ったし……）

その前に何度も電話をかけてきた。

（そうだ、電話。あれは何のためだった……？）

「花音……！」

急いで彼女に電話をかけようとして、スマホが自分のものでないことを思い出した。

「あぁぁぁそうだ！　番号覚えてない。クソ……！」

足下がくずれそうな不安の中、スマホを放り出し、直接会いに行こうと走りだす。しかし玄関前にある姿見を目にして急ブレーキをかけた。

室内着のままの香乃夏流。この姿で外に飛び出せば、えらいことになるのは目に見えている。

「電話……、花音からの電話は……」

鏡に映る夏流は青ざめて泣きそうな顔をしていた。

(台本読みの時のことを本人に謝れって言われるのかと思った。けど……)

勘違いだったのだろうか？　花音は何か別のことを話したかったのだろうか？　昨夜見た夢は何なんだ？　どうしてオレは今、香乃夏流の姿をしているんだ？

湧き上がるばかりの数々の疑問に何の答えもないまま立ち尽くす。

(これからどうすれば——)

途方に暮れながら玄関のドアをただ見つめる。

そんな時、ピンポーンと軽やかなインターホンの音が、広い部屋中に響き渡った。

第二幕

ヴー、ヴー、ヴー、と頭の近くで鳴るスマホの振動音で目を覚ました。

おかしい。昨夜ちゃんとカウンターキッチンの端にある充電器の上に置いたはずなのに……。

寝ぼけながら手探りで枕もとを探り、手がふれたスマホの着信画面の、応答のボタンをとりあえずスワイプする。その時ふと、いつもの画面とちがうな？　と頭のどこかで考えた。

「はい……」

寝起き全開の声だが別にかまわない。どうせ相手はマネージャーの萌子さんだろう。

が、次の瞬間、予想とまったくちがう声が耳に飛び込んできた。

『起きろ！　寝てる場合じゃない！　起ーきーろー！』

ひどく感情的で、せっぱ詰まった声が、寝ぼけた脳みそに突き刺さる。若い男だろう。

しかし誰かわからない。

『どう!?　目ぇ覚ました!?』

「あぁ……」

答えた時、声が変だと思った。いつもの自分の声とちがう。風邪でもひいたか。

（マズい……）

今日は舞台の稽古があるのに。反射的にそう考えた時、電話の相手が、何かを堪えるようにしばし間を置いた後、震える声で言った。

『――花音（かのん）が死んだ』

「は？」

『花音が死んだ。明け方に警察から連絡があった』

藪（やぶ）から棒な言葉にとまどう。

「……花音って、美園（みその）花音？」

『他にいるか!?』

怒鳴って応じたものの、相手はすぐに声を落とした。

『あぁ、まぁ……混乱するよな。ボクも最初は信じられなかった、けど……』

『けどまちがいない。……遺体の、確認をって……言われて……、今、見てきたとこ……っ』

「――……」

電話の向こうの声は、そこで言葉に詰まったように、ひとしきり嗚咽（おえつ）をもらす。どうやら美園花音の親しい相手のようだ。そしてこれはおそらく、まちがい電話だ。

自分――香乃夏流（こうのなつる）と美園花音は、確かに今度共演する予定ではあるものの、こんなふうに叩き起こされて生死を報告されるような共通の知り合いはいない。

なぜ電話がかかってきたのかはわからないが、何やら嫌な胸騒ぎを覚えた。

「死んだって、なんで……？」

『警察は自殺だって言ってる。持っていたカッターで自分で手首を切ったんだって……』

具体的な情報を得て、ようやく事実がリアルに迫ってきた。だが。

（美園さんが死んだ？　それも自殺？　そんなバカな……）

遅ればせながらはっきりとしてきた頭が、事の重大さを理解する。

足下から這い上がる不安に、思考がぐるぐると激しく空まわった。

（俺が最後に見たときは生きていたのに）

『ねぇ、ところで――』

ひとしきり嗚咽をもらした後、電話の相手が鼻声で訊ねてくる。

『花音のスマホの発信履歴を見たらさ、昨日の夜、そっちに何度も電話してた。どうして出なかったの？』

「え？　俺に……？」

『とぼけるなよ！』

「いや……」

『……頼むよ。おまえも、わけわかんないかもしれないけど……唯一の肉親のボクが一番意味不明なんだ。どんな些細なことでも、何でも知りたいんだよ！』

その時、相手の正体に思い至った。美園花音の家庭事情は知らないが、公開されている情報の中で肉親と呼べる若い男はひとりだけ。

美園初音。美園さんの双子の弟だ。姉によく似た容姿で、仕事も同じ。姉は女性のグループで、弟は男性のグループで、共にアイドル活動をしているめずらしい双子として有名だった。

「でも、俺は彼女から電話なんて受けてない……」

ためらいながらそう返すと、『もういい』と突き放す言葉と共に通話は一方的に切られた。

「………」

嘘は言っていない。昨夜は自分から彼女に電話をしたのだから。

若干の後ろめたさを感じながらもスマホを置き――まずはじっとりとからみつく暑さを感じた。

七月に入った今、すでに気候は真夏を迎えている。そんな外の気温がそのまま滞留しているかのような暑さに首を傾げる。

（変だな。エアコンが壊れてる……？）

怪訝に思いながら身を起こし、部屋の中を目にして、あっけにとられた。

「……どこだここ？」

広さは六畳ほど。フローリングの床に布団が敷かれ、自分はそこに寝かされていた。壁には脚をしまったローテーブルが立てかけられ、部屋の隅には収納用のケースもあるが、しまわれていない衣服や日用品で布団の周りは散らかっている。ちなみにエアコンの電源はついていなかった。暑いはずだ。

おまけに自分は外出着を着たまま寝ていたようだ。昨夜、確かに寝間着代わりのスウェットとTシャツに着替えたはずだというのに。

さらにはその服も、よく見れば自分のものではない。量販店のベージュのチノパンに、年季の入ったロゴTシャツ。

(これは……!?)

見覚えのあるTシャツのロゴにドキリとした。以前、鷹山粋が出演した舞台のグッズである。そうだ。確か昨日、粋くんはこれを着ていた。

(どうして今は俺が着てるんだ?)

不思議に思いながら立ち上がり、ひとまず洗面所を探す。が、見当たらない。古いキッチンと、洗面台のついていない小さなユニットバスしかない。

(洗面所のない部屋なんかあるのか?)

うろうろしているうち、使い込まれたホーローキッチンの横に、壁に貼られた鏡があるのに気づいた。近くの取っ手にはタオルもかかっている。あそこで顔を洗うようだ。

とりあえずキッチンの流しで顔を洗い、コップだけ借りて、歯ブラシの横に置かれていたマウスウォッシュでぶくぶくと口の中をゆすぐ。多少はさっぱりした心地で鏡を見やり——そこで硬直した。

「な……っ」

メッシュの入った茶色い髪。あまり目立たない、でもよく見れば整った顔。プロフィールによると身長一七三センチ。

鏡には、まごうことなき鷹山粋が映っていた。信じられず鏡に張りついてまじまじ見入ると、鏡の中の粋くんも鏡に張りついて見入ってくる。震える手で顔にふれると、粋くんも顔にふれる。何より、ひどく困惑した顔で自分を見つめている。

「……なにこれ、どういう……」

意味がわからない。先ほどの美園さんの死を伝える電話といい、突拍子もないことが続きすぎている。

ホーローの流しに腰を引っかけて見知らぬ部屋を見まわし、茫然（ぼうぜん）とつぶやいた。

「え、なに……。じゃここ、粋くんの部屋……!?」

こんなの絶対、夢にちがいない。が、そのわりには、やけにリアルなのが気になる。匂いも音も触感も、確かに感じられる奇妙な夢だ。

ただただぼんやり部屋を眺めた後、俺はまた鏡を見つめた。

〝香乃夏流〟は、世間ではそれなりに人気のある俳優として認知されているのだろう。が、自分自身としては、そう見られることにとまどいを禁じえない。

ファンが語る自分と、俺が知る自分との間には、どうにも大きな落差がある。

最近目にした女性誌の記事によると、〝香乃夏流〟が支持を集める理由第一位は、「顔がいい」。それは子供の頃から言われ続けてきたので、おそらくそうなのだろう。

「少し陰(かげ)がある」。それもまぁ、わかる。筋金入りの陰キャなのはまちがいない。

「歳(とし)のわりに落ち着いている」。非活動的な省エネ気質を沈着と取るなら、そうかもしれない。

「物静か」。口を開くとボロが出やすいので黙っているだけだが、これもまちがいではない。

「クール」。これは完全にまちがいだ。むしろ許容量が小さく、些細なことですぐにパニクってしまう。

自分が知る自分は、子供の頃から超絶人見知りのインドアタイプで、おまけに口下手(くちべた)のコミュ障だ。だが、誰もそう指摘しない。不思議でたまらないが、「顔の良さは百難を隠す」と叔父の藤吾(とうご)が言っていたので、そういうものなのかもしれない。

そうそう、ファンの意見の中に「演技がうまい」というのもあった。

（見る目がないとしか言いようがない！）

長く演劇をやっている叔父の影響もあり、映像にしろ舞台にしろ多くの作品にふれてきた。デビューするまでは見るほう専門だったとはいえ、演技に関しては一家言ある。

（そう――）

演技がうまいとは、「彼」のような役者のことを言うのだ。

鏡に映る顔をじっと見つめる。

鷹山粋。

彼のことは以前から知っていた。――否、知っていたというのは、あまりにも控えめすぎる表現だ。粋くんは自分にとって人生で唯一の推しであり、指標であり、生きがいであるのだから。

（中学の頃からずっとずっと追いかけ続けてきた――）

学生演劇から身を立てた叔父の藤吾は、よく知り合いのチケットノルマを買っては無料で譲ってくれた。そのため俺も早いうちから小劇場に足を運んでいた。

小規模とはいえプロの劇団の舞台に、粋くんはたびたび立っていた。人気や実力がなければかなわない客演の形で、様々な舞台に出ていたのだ。自分と同じ歳の彼は、どこの舞台でも一番若く、そして一番うまく見えた。

調べたところ子役出身で、子供の頃はそれなりに売れていたとわかった。その後も大きな仕事ではないが、途切れることなく映像作品や舞台に出演し続けていた。

自分と同じ歳にもかかわらず実力を認められ、大人の世界を渡り歩いている。決して華々しくはないものの、自分の力で自分の道を進んでいる。――日々コンプレックスに悩む子供の目の前にそんな人間が現れて、憧れないはずがない。

社交性、行動力、周囲から慕われる性格、実績と実力、それに裏打ちされた自信。

鷹山粋は俺がほしいものをすべて持っていた。

藤吾も粋くんを褒めていた。実力は若い役者の中でも頭ひとつ抜けていて、薄い塩顔はメイク次第でどんなキャラにでも化けさせられる、と。

そして顔だけが取り柄の甥の頭をぽんぽんたたいた。

『おまえみたいなイケメンはいじりにくいんだよ。わざわざ奇妙な役を振るより、そのまま使ったほうが客受けもいいし。そういう意味では顔のいい役者って損だな』

その俺は、ひとかどの演出家となった藤吾の舞台を観に行った際、今の事務所にスカウトされた。

表現する側にまわる自信はあまりなかった。しかし藤吾や粋くんを見ていて、何かに夢中になってみたいという思いはまちがいなくあった。

だがもちろん、スカウトを受けた最大の理由は、もっと推しを見たいという下心だ。

（なぜなら全っ然供給がないから……！）

誤解を受けないよう説明すれば、俺は断じて粋くんに近づきたいわけではない。むしろ「壁になりたい」系のファンだ。彼の活躍を見ていられればそれで満足で、知り合いたいとか、仲良くしたいとか、自分を知ってほしいという感覚は持ち合わせていない。あくまでいちファンとして応援できればそれで十分である。

が、ファンのひいき目で見ても売れていると言いがたい粋くんは、それすら難しかった。ファンクラブはなく、ファンイベントもなく、握手会もなければお見送りもない。舞台を観る以外での接触の機会がほぼない。

（何か……、何とかしてもっと生の粋くんを見る方法はないものか……）

そう思いつめた末の俳優デビューである。同じ世界にいれば、もっと粋くんについての情報が耳に入るかもしれない。偶然を装って遠目に見るチャンスがあるかもしれない……。そんな一縷（いちる）の望みに縋（すが）った結果だった。

ちなみに同じ舞台に立ちたいとか、同じ作品に出たいという欲求もない。

なにせ笑顔でさわやかに挨拶（あいさつ）し、うっとうしいファン魂（だましい）を隠してさりげない会話を交わし、帰り際にプレゼントを渡してさっと去るなどという、陽性のスマートさは持ち合わせていない。むしろ真逆――話しかけたとたんに挙動不審になって本人のみならず現場中を困惑させ、迷惑をかけ、後で振り返って穴があったら埋まりたい事態になるのは必至である。

（いいんだ。そもそも俺、芝居が下手すぎて、粋くんと同じ作品に出たいなんて口が裂けても言えない現状だし……）

覚悟はしていたものの、現実は思っていた以上に厳しかった。デビューして二年経った今も、スケジュールの隙間に詰め込まれるレッスンをこなすだけで精いっぱい。演技力と呼べるほどのものは、まだ得ていない。それでも地道に努力を重ねて少しずつステップアップしていければと思っていた。

だが業界でも大手の事務所から大々的に売り出された結果、〝香乃夏流〟は急激に人気を集めてしまった。ＣＭ、ドラマと続いて、すでに決まっている映画デビューの前に演技経験を積ませておきたいと、「ルシア」という舞台が用意された次第である。共演者の中に粋くんの名前を見た時には愕然とした。

『オーディションで公正に選んだ結果だ』

のんきにそんなことを言う藤吾を恨んだ。

（こんなことなら前もって共演ＮＧって言っておくんだった！　……いや、でもそんなことをしたら粋くんの業界での立場が悪くなる……！）

苦悶しながら、うれしい気持ちになったのも事実である。

（稽古が始まってから公演が終わるまで……毎日のように生の粋くんに会える……）

そもそも共演が決まったからには、四の五の言わずに同じ役者として恥ずかしくない振る舞いをしなければならない。デビューの動機がなんであれプロ意識は持っているつもりだ。

やがて都内のホテルで主要な出演者による「ルシア」の制作発表が行われると聞いてからは、当日までずっとそわそわしてしまい、何も手につかなかった。前の日の夜はもちろん興奮のあまり眠れなかった。

（やっぱりファンじゃなくて、ちゃんと共演者として挨拶するべきだよな。でも直接話すなんてバグ・フリーズ・強制終了になるの目に見えてる……。いや待て。そうだ。握手会（行ったことないけど）みたいなものだと思おう。前もってセリフを決めて、短い時間でシンプルに気持ちを伝えて別れる。「初めまして。舞台を何度か拝見しました。ご一緒できてうれしいです」。うん。それだけなら何とかなるはず……）

「本当に？　何の舞台？」って訊き返されたら何て返そう？　最初に観た舞台のことがいいか、あるいは一番好きな舞台のことがいいか、特にその四日目夜公演のアドリブが神がかっていたことか、はたまたテレビの二時間ドラマで変装して一人四役やっていたことにエンドロールを見るまで気づかなかった衝撃についてか、それともそれとも……。

しかし、ひと晩じゅう寝ないで考えた挨拶を胸に、何とか迎えた当日。制作発表が行われるホテルの会場に足を運んだところで、現実の洗礼を受けた。

集まっていた記者たちの、冷ややかなささやきが耳に飛び込んできたのである。

『売りたい新人をメインに据えて、脇はベテランで固める。よくある形だ。ようは香乃夏流と美園花音に箔をつけるためだけの舞台じゃないか』

記者たちの見方は、当然共演者たちのものでもあるだろう。

(粋くんも俺をそういう目で見てる……？)

そう思ったとたん、強い不安に襲われた。

自分がまだ大きな舞台の主演を張れるレベルでないことは、よく理解している。それなのにいい気になって、と粋も思っているのだろうか？

会場に到着して——手をのばせば届く場所にいる粋くんを目にして、吐きそうなほどの緊張と不安のあまり、すっかりテンパってしまった。

当たり前というべきか、彼は〝香乃夏流〟になんかまったく興味がなさそうだった。会見が始まるのを待つ間、他の共演者たちと楽しそうに話をしていた。幼なじみの美園さんはともかく、他の俳優たちとは初対面のはずだが、そんなことは互いに何の問題にもならないとばかり早々に打ち解けていた。

輪に交ざれないのは俺だけ。交ざるどころか、近づく方法すらわからない。

いつもの通り、過保護なほど何人もいる事務所スタッフに取り囲まれ、スマホをいじることしかできない。

焦燥に震える手でスマホをにぎりしめながら、このままでいいのか？　と自分に問い続けた。

　こういう自分がいやで、粋くんに憧れてたんじゃないか。推しを目の前にしながら無視するなんて最悪だ。ただでさえ悪い印象を持たれているかもしれないのに、それを払拭しなくていいのか？　ちゃんと言葉を交わして、この仕事に真剣に向き合っていることを伝えて、あと粋くんのファンだって知ってもらえれば、もしかしたら見る目を変えてくれるかもしれないのに――

　くり返し自分を叱咤し、励まし、壇上に登る直前、今にも爆発しそうな心臓を抱えつつ、一生分の勇気を振りしぼって話しかけた。

『共演できてうれしいです。よろしくお願いします』

　極度の緊張のあまり表情が硬かったかもしれない。だが何とか言えた。力が入りすぎて棒読みになってしまったが、まっすぐ目を見て言えた。というか本当に粋くんを目の前にしている。近い。信じられない。思わずご尊顔をガン見する。と、興奮しすぎて『舞台を何度も拝見しました』その他を言い忘れたことに気づいた。

　つけ加えようと口を開きかけた時、彼はそっけなく返してきた。

『どうも。こちらこそよろしくです』

　声音には、どこか突き放す響きがあった。そう察した瞬間、心臓がぎゅっと縮んだ。

　粋くんは社交的で、誰に対しても気さくな性格だ。今まで追ってきたからよく知っている。事実、他の俳優たちとは明るい笑顔で接していた。にもかかわらず俺には、あるかなしかの微笑(ほほえ)みを浮かべただけ。かてて加えて目が冷たい。

ものすごぉぉぉく目が冷たい。

（き……嫌われてる……!?）

そう気づき、ズン、と胃の底が重くなった。

やはり彼も記者たちと同じく、俺を何の苦労もなく優遇される名ばかりの俳優だと思っているのだろうか？

（否定はできないけど――）

実際、その後の制作発表で前に出て発言したのは、自分と美園さんのふたりのみ。他の共演者は後ろに立っているだけだった。段取りを決めたのは制作会社だとはいえ、この時点で胃がキリキリと痛み始めた。

おまけに会見では、少しでも粋くんにいいところを見せようと気を張ってしまい、あらゆる努力が空まわった。質問への回答はしどろもどろになり、顔は終始こわばり、笑顔のひとつも浮かべることができなかった。後ろで推しが見ていると思うと、いつもならできることが何もできなくなってしまった。

と――会見が終わった時、背後で呆(あき)れたような粋くんのつぶやきが聞こえた。

『ぬるい仕事しやがって』

『――……』

金づちで殴られたようなショックを受けた。胃の痛みが増してギリギリと苛んでくる。

（待って。ちがうんだ。俺は粋くんのファンで、尊敬してて……っ）

帰る前に、もう一度挨拶をしようと思っていたにもかかわらず、そのための勇気をかき集めることができなかった。そうこうしているうち大勢の記者に囲まれてしまい、気がついた時には粋くんの姿は見えなくなっていた。

（どうしてこんなことに……!!）

どうしても何も、極度の人見知り、口下手、コミュ障の最凶コンボが炸裂した結果だ。

帰りの車の中で、胃を押さえてどん底まで落ち込む俺を、マネージャーの萌子さんがなぐさめてきた。

『まだまだ次がありますよ～』

『うぅ……っ』

何かにつけてすぐ緊張し、頭が真っ白になる。そのわりに緊張が顔に出ない。よって色々と誤解される地獄の悪循環。萌子さんは、担当するタレントのダメっぷりをよく心得ている。

『夏流くんのコミュ能力のなさに数値がつけられないというか、ゼロを突破してマイナス記録を更新し続けている感じなので、大好きな鷹山粋くんと共演すると聞いて、少しは人付き合いを学べるかもと期待していたのですが――仮にも主役の夏流くんに向かって暴言をはくなんて！　ガッデムです！』

『ぬるい仕事しやがって』について聞いた萌子さんは、運転しながら拳を振りまわす。後部座席で、口の端から魂をこぼしながら俺は虚ろにつぶやいた。

『暴言じゃなかった……。たぶん本音がもれただけ……』

『こうなったら稽古で見返しましょう！　自信を持ってください。だって夏流くんはうちの事務所で一番カッコいい俳優なんですから！』

というわけで気を取り直して臨むつもりだった顔合わせ＆台本読みにも、ひとりだけ大遅刻するという最悪な登場の仕方をした。

動揺と緊張でまたしても頭が真っ白になり、台本通りに声をしぼり出すので精いっぱいになった。途中で粋くんに帽子のことを注意され、初めて自分が取り忘れていたことに気がついたくらいだ。

すぐにテンパって実力を発揮できなくなる。ことごとく自分は色々な能力値が低いと思う。

（あと……どうも言葉の使い方がマズいらしい……）

自分としては悪気はないのだが、人を苛つかせることが多いようだ。……いや、悪気がないではすまない。そういう点も直していかないと、また粋くんを怒らせてしまいかねない。

「ん？」

昨日のことをあれこれ思い返していた中、ふと、鏡の端でちかちかと点滅するライトに気づいた。振り向いてみれば、粋くんのスマホのライトである。

手に取って画面にふれると、「留守番電話メッセージあり」と出た。その時、画面にさらに「指紋認証」と表示されたかと思うと、何もしていないのに待ち受け画面が開いた。たまたまスマホの裏にある、認証する部分にふれていたようだ。

「え……？」

留守電は美園さんからだった。時間は昨夜の午後十時過ぎ――俺が彼女と会う前だ。

メッセージボタンを押していいものか、しばし迷った。これは粋くんにあてた言葉だ。だが初音くんからの電話の内容が少しずつ迷いを押し流す。非常事態だ。粋くんがこの件にかかわっていないことを確信したい。緊張と共にボタンを押すと、鈴を転がすような声が流れてくる。

『もー絶対居留守でしょ!?　話したいことがあるから電話取ってよ。大事な話だから！』

メッセージはそれだけだった。拍子抜けする。

着信履歴を見てみると、実際昨夜、美園さんは粋くんに何度も電話をかけていた。そして自分が知る限り、彼女には恋人がいたはずだ。まちがいない。

漠とした不安を握りしめる。

（てことはつまり……）

美園さんの恋人とは、粋くんだったりするのだろうか？　ふたりはひそかに付き合っていた？

わからない。だが情報をまとめると——美園さんは粋くんに何度も電話をかけ、留守電を残した数時間後に自殺をしたということになる。

「————……」

思わずキッチン横の壁に貼られた鏡を見る。長いこと追いかけ続けてきた顔が、鏡の中から緊張を交えた面持ちでこちらを眺めていた。

（とりあえず……俺が粋くんになってるってことは、粋くんは俺になってるって思っていいんだろうな……？）

不可思議な形で目を覚ましてから二時間経つが、夢は一向に覚める気配がなかった。いよいよこれが現実だという覚悟をつけなければならないようだ。

ローテーブルに置いたスマホを凝視する。

確かに前々から、かなうことなら粋くんのスマホになりたいと思ってはいた。どこに行くにも持ち歩かれ、彼の仕事からプライベートまで眺め続け、かつ頻繁に役に立てる存在なんて最高じゃないか。

（なのにスマホじゃなくて本人になってしまうなんて……！）

感動すればいいのか、慄けばいいのかわからない。

（あと粋くんに慄かれてなければいいけど……）

自宅の書斎には彼が出演した作品のＤＶＤ、並びに記事が掲載された紙媒体の情報誌を集めたコーナーがある。あれを見られたら……と一瞬不安になったものの、よく考えれば粋くんメインの作品はひとつもないので、まぁ熱烈なファンだと判明する心配はないだろう。公式のグッズがない分、概念のグッズを並べたコーナーもあるが、他人が見てもわからないはずなので大丈夫。

（なにげに粋くんのスマホの番号を入手できたのはこっそりうれしい……）

絶対に悪用しません、と自分の中で誓い、彼のスマホから自分のスマホに電話をかけながら、そんな感慨を噛みしめる。しかし何度鳴らしても出てもらえない。

時計を見れば午前九時。今日は確か、テレビ番組の取材と打ち合わせが昼まで続くはずだ。

（もしかして、夏流のふりして仕事してる……？）

自分だったら、知らない人間になりすまして仕事をするなど想像もつかない。病気を装って休んでしまうほうが圧倒的にお互いのためだと思うが——粋くんはそうしないのだろうか？


ひとまず留守電に「話したい」とメッセージを残し、スマホを置いた。

午後は「ルシア」の稽古の予定だったが、先ほど舞台のスタッフから、今日は中止になったと連絡が来た。とはいえ〝夏流〟のほうには、すぐに何か新しい仕事が入るだろう。

（「ルシア」の稽古のために仕事をセーブするよう頼んでたし。萌子さん、すばやい調整得意だし……）

仮に自分の身体の中に粋くんがいるのだとしたら、今頃他人の仕事を山ほど押しつけられてわけがわからなくなっているのではないか——。そこまで考えてハッと気がつく。

「粋くんの他の仕事って……!?」

あわててスマホを取り、アプリの中にスケジュール帳がないか確認する。と、あった。

今日の午前中は「ＦＳ」。バイトのマークがついている。

（これ何……？）

とりあえずスマホの連絡先一覧を開いてみた。

（うわ、メチャクチャ登録数が多い！）

全部で四〇〇件近くもある。ちなみに俺は両親と仕事関係、数少ないその他を合わせて十五件しかない。差がすごい。

ひとまず連絡先の中から「FS」で検索したところ一件がヒットした。「FS／フラッグシップ」。ネットで検索をしたところ、どうやら渋谷にあるレストランのようだ。

もしかしてウェイターのバイトだろうか？　粋くんが注文を取りに来て、食事を運んでくるのだろうか？

（なにそれ行きたい……！）

想像しただけでうずき出したファン魂を押しとどめ、スマホを握りしめる。

（――どうする……？）

緊張のあまり心臓がバクバクと跳ねまわった。

だてに二十一年も人見知り＆コミュ障をやっていない。初めての場所に電話をする――それも他人のフリで話すなど、けっこう難易度が高い。

（……けど、やらないと、粋くんがバイトをサボった人になってしまう……！）

発信ボタンにふれようとした指が震える。そしてハッと気づいた。そうだ。あらかじめ何を言うか紙に書いておこう。

部屋中をうろつき、発見した不要そうなチラシとボールペンでメモを作る。

「こんなものかな。……よし」

セリフを用意した余裕から、先ほどよりもいくらか落ち着いて発信ボタンを押した。

『はい。レストラン・フラッグシップです』

「もっ、もしもし、鷹山粋です……」

『おぉ粋!』

電話の向こうの声は野太い。年配の男のようだ。聞こえた瞬間、緊張のボルテージが爆上がりし、早口でメモを棒読みした。

「あっ、あの、本日バイトが入っていたと思いますが、急な発熱で起きられず休んでしまいました。連絡が遅くなってしまい申し訳ありません。熱がひどいので、しばらく行けない日が続くと思いますが、かまいませんでしょうか?」

よし、必要なことをすべて言えた。メモを見下ろして胸をなでおろす。答えがYESだった時、NOだった時と、チャートを作って答えも用意してある。

電話の向こうの声は、ややとまどうように返してきた。

『……おまえ、大丈夫か?』

「え……っ」

『ひどい風邪ひいて肺炎になりかけたんだろ? 今朝、友達とかいうやつから電話あったぞ。大丈夫。仕事のことは心配すんな。それより熱で脳みそやられないよう気をつけろよ!』

ワハハハ、と笑って電話が切れる。おそらく粋くんが自分で先に連絡をしたのだろう。ともあれ何とかなった。ミッションをやり遂げた安堵に大きく息をついた。

そして改めてスケジュール帳を見てみれば、エキストラやスタンドイン、アンダーなど、俳優としての単発の仕事も多いことに気づく。

スタンドインは出演俳優の代わりに撮影現場の準備を手伝う代役、アンダーは役者の代わりに舞台稽古に参加する代役である。どちらも日の当たらない仕事のため、敬遠する役者も多いと聞くが、粋くんは積極的にこなしているようだ。おまけにその合間にオーディションの予定も詰まっている。

どれも「ルシア」の公演が終わるまでは減らしているようで、直近で俺が行かなければならないものはなさそう。そのことにホッとしつつ、しみじみとスケジュールを眺めた。

「すごい……」

俺はどちらかといえばスタンドインをしてもらう側。エキストラやオーディションの経験もない。粋くんのスケジュールを見ると、自分が顔と事務所の力で仕事をしていると揶揄(や)揄(ゆ)されるのも仕方がないと感じてしまう。

今は実際その通りだし、自分でもよくわかっている。

だからこそ、そんな状況を脱しようと、「ルシア」の舞台には全力で取り組むつもりでいた。

稽古を一度も休まず――自分の登場シーンの稽古日はもちろん、そうでない時もなるべく参加できるようスケジュールを組んでほしいと、萌子さんにも希望を出した。意気込みだけは誰にも負けないつもりだった。

（それなのに……）

まさか稽古に入る前にこんなことになるとは。

自分のものではない手のひらを見下ろし、ため息をつく。

向こうの携帯に留守電を入れて一時間経つが、着信はない。お腹が空いた。

冷蔵庫をのぞいてみるも、中にあるのは加工されていない食材ばかり。どうやら自炊をしているようだ。一日中仕事をして、食事まで自分で作っているとか。

（偉すぎか⁉）

が、俺は料理などできない。キッチンの戸棚を漁ったところ、ありがたいことにカップ麺が出てきたので、お湯を沸かしてそれを啜る。

空腹が満たされると手持ち無沙汰になった。せまい部屋にテレビはない。ノートパソコンがあるので、映像関係はそれで見ているのだろう。が、さすがに人のパソコンにさわるのは気が引ける。

他に暇をつぶせそうなものはないかと見てまわったところ、ＤＶＤがつまった小さなダンボール箱を見つけた。貼りついたままの送り状から察するに、実家の家族から送られてきたもののようだ。ＤＶＤの多くは薄いケースに入って、白い盤面に中身が印字されている。その文字を追ううち、鼓動が高鳴っていった。

「これは……!?」

どうやら粋くんの過去の仕事の映像のようだ。それもドラマや映画といったネットでも配信されているコンテンツではなく、バラエティや特番などのテレビ番組である。おまけにどれもかなり昔――俺が彼を知る前のものだ。

(俗にいうお宝映像というやつか……!)

ギラっと目が輝く。パソコンの中身を見ずに、ＤＶＤを再生するだけなら許してもらえないだろうか……。

自分の中でしばしせめぎ合った末、欲求が良識を打ち負かす。

幸い顔認証だったため、すんなりログインできた。他のものにはふれないようＤＶＤをドライブに挿入して再生ボタンをクリックする。

「おぉっ……」

明るいナレーションと共に始まったのは、子役のオーディションを追う番組だった。大きな舞台に立てる子役はたった三人。カメラが入ったのは四次審査からだ。その時点での候補者十二名のうち、番組は特に有力候補と思われる五人を追いかけていた。そのうちのひとりが粋くんである。まだ七、八歳だろうか。

小柄で、四肢(しし)が細くて、頭ばかりが大きく、好奇心たっぷりの目で周りを見まわしている。前歯が一本抜けているところが、何とも愛嬌(あいきょう)があっていい。

クッ、とうめいて目頭を押さえた。

（かわいいの全部乗せ！　いつまでも見てられる……!!）

だが質問への受け答えや、役柄の解釈についての見解は、子供と思えないほどしっかりしている。番組はさらに学校の教室まで追いかけていたが、粋くんは常に友達に囲まれている様子だった。それはオーディションの稽古場でも変わらない。出しゃばりすぎず、ここぞという時にははっきりと意見を言い、子役たちの中でも一目置かれているのが伝わってきた。

番組の途中、粋くんについて問われた演出家が『自分のことだけじゃなくて全体が見えている子だね。将来有望』とコメントした際には、一緒になって大きくうなずいた。

しかし残念ながら、彼は最終審査でオーディションに落ちた。理由について演出家は『主役を選ぶ必要があったため』と語った。『もしこれが脇役のオーディションだったなら粋を選んでいた』らしい。納得がいかない。

「わかってないな」

ブツブツ言いながら次の番組に移る。次は粋くんが子役で出演するドラマの特番だった。撮影現場の裏側を取材する内容で、彼はそこでも待ち時間の間に一芸を披露して笑いを取っていた。おまけに誰もが名前を知るような大女優に気に入られ、『こんな孫がほしい～！』と抱きしめられていた。

次のクイズ番組では、気の利いた回答をしてはいたものの、他の子供たちほどには画面に映らなかった。見切れている粋くんを、目を皿のようにして探しながら、彼が明るく気配りのできる人柄によって老若男女（ろうにゃくなんにょ）を問わずあらゆる人間に好かれていると、改めて感じた。一方で、決して大人しい性格ではないが、なぜか注目を集めにくいという事実も確実にあった。

（不思議だ……）

俺の目に、粋くんはどんな俳優よりも特別に見える。だが世間一般的にはそうではないのだろうか？

「ううん……」

うめいて腕組みをする。彼は売れるべきだ。早く世間に見つかって有名になってほしい。実力は充分すぎるほど、人柄も申し分ないのに業界の片隅でくすぶっているなど、エンタメの神様は職務怠慢（たいまん）もはなはだしい。その反面、同じくらい強く、自分だけが知る存在であってほしいとも思う。

「複雑だ……」

悶々（もんもん）と悩みながらうめく。だがしかしもっと大きな舞台で輝く粋くんを見たい。それに有名になればきっと供給も増える！

やっぱり売れてほしい側に心の天秤（てんびん）が大きく傾いたところで、今はそれどころではない現実を思い出したのだった。

粋くんの出演した番組をチェックしているうち、十時間があっという間に過ぎた。

夜の八時頃、ふいにスマホが鳴って我に返る。電話に出ると、相手は「ルシア」の制作スタッフだった。

『あ、粋くん！　連絡が遅くなってすみませーん！　まだすっごいバタバタしててアレなんですけど、加瀬（かせ）さんが、明後日（あさって）までにどうするか結論を出すって言っているので、ひとまず明後日まで稽古は中止になります。それまでにまたご連絡しますので！　では失礼しま〜す。はい、は〜い』

言うだけ言って、こちらは何も返していないうちに通話は一方的に切れてしまう。

女優がひとり亡くなったわけだが、現場は悲しむどころではないのだろう。

「ルシア」のチケットはすでに完売している。そして客の大半は、香乃夏流と美園花音を目当てにチケットを買っているものと思われる。代役を立てるのか、延期か、あるいは中止か。いずれにせよ、やることは山のようにあるはずだ。

（やっぱり中止かな……）

公演初日までひと月しかない。今からそれなりに人気のある代役を探してスケジュールを押さえるのは至難の業だろう。

（せっかく粋くんとの共演の機会だったのにな……）

がっかりしながらスマホをローテーブルに置いた。

十分くらい経ってから、今度は粋くんの事務所の社長から電話があった。女性である。こちらは丁寧に故人のお悔みを言い、ひとしきりこちらの気持ちを慮ってから、先方の事務所から明後日の夜に通夜をすると連絡があったと知らせてきた。

礼を言って通話を終える。粋くんからの連絡はまだない。

「そうだ」

ふと思いつき、スマホを手に取る。

（これから絶対に必要になるはずだから……）

連絡先のリストを呼び出し、自分の住所と電話番号と携帯のメールアドレスを新規で登録した。少し考えてパソコンのメールアドレスも付け加えておく。

そのうちきっとかかってくる。ようやく一対一で話ができるのだ。そう考えると今から緊張する。台本読みの時のような失敗はくり返してはならない。共演者として、舞台出演の機会を大事に考えていることと、実力はともかく熱意とやる気はある点をしっかり伝えなければ……。

今度こそ失敗はするまいと、伝えるべきことをメモにリストアップする。

だった。

（――――……）

緊張は変わらない。とはいえどうしたって、推しと直接話せることに心が躍るのも事実

ようやく粋くんから電話がかかってきたのは、入れ替わりが起きた日の夜十時を過ぎてからだった。

DVDの映像を観ていると、ふいにスマホの着信音が鳴り始める。

（来た……！）

画面に映る自分の名前にドキドキし、伝えるべきことリストを引き寄せつつ、通話ボタンをスワイプした。

「……はい」

『あ、鷹山粋、だけど』

「あぁ」

電話越しに自分の声を聞くのはなかなか変な気分だ。それを抜きにしても粋くんの声音は低い。疲れているのだろうか。

今日一日こんな時間まで他人を演じたのだ。無理もない。労う言葉をかけたいが、気の

利いた言葉が出てこない。もたもたしているうちに向こうがぶっきらぼうに口を開いた。

『そっちどう？』

「別に……」

『別にって？　何かマズいことあんの？』

きつい声にどきりとする。どうやら不機嫌なようだ。そう気づき、ただでさえ緊張で空転ぎみだった脳みそがますます空まわる。

「いや、別に……あっ……」

焦るあまり同じ言葉をくり返してしまったところ、電話の向こうで『はぁぁ』と大きくため息が響いた。

『なにも入れ替わるの、ここふたりじゃなくても……！』

それは、自制の間もなくこぼれた独り言のようで。

粋くんと一対一で話せると、高揚していた気分に冷や水を浴びせられる。

「どういうこと……？」

やっとの思いで言葉をしぼり出すと、彼は無造作に返してきた。

『あんたも災難だなってこと。オレになったっていいこと何もないもんな』

「――……」

そんなことはない。言いたい言葉が喉の奥に引っかかって出てこない。

粋くんは『図星だろ』と苦笑まじりに言った。

『心配しなくても、こっちは問題ないよ。「ルシア」の稽古がなくなったからって、剣持さんがそっこー別の仕事どかどか入れてきたけど、新規の単発のものばっかだから何とかなってる。バレるようなヘマはしない』

「……そう」

『そっちは大人しくしててくれればいいから。特に演技の仕事はひとつひとつがオレの評判と生活に直結するし、絶対余計なことしないでくれよ』

「――――……」

頭がうまく働かない。

（これは誰だ……？）

今の今まで、山のようなＤＶＤの中で見てきた鷹山粋はどこにいる？

誰に対しても明るく、フレンドリーで、配慮を見せる粋くんはいったいどこに？

無礼な言い草にただただ困惑していた俺の耳に、極めつけが飛び込んできた。

『得意だろ？　自分の中に閉じこもるの』

ぴしっ！　と――こめかみのあたりで音が響く。コンプレックスをあまりにも的確に突かれ、何かが切れたのだ。

言われなくても大人しくしているけど。粋くんのふりをする自信もないから引きこもる以外にやり過ごす方法はないけど！　ついでに万年精神的な引きこもりの自覚もあるが！が!!

（なにもそんなふうに言わなくても!?）

浮ついていた気持ちを怒りが吹き飛ばし、代わりに顔をのぞかせた、なけなしの自尊心が緊張を押し流す。

「……そっちこそ」

余計な力が抜けたとたん、口はなめらかに動き出した。

「心配しなくても、売れない俳優からさらに仕事を奪うような真似はしないから」

『あぁぁ!?』

「もしかして早く元通りになりたいと思ってるのは俺だけ？」

『ふざけんな！　オレもだよ！』

「そのわりに楽しそうだけど。『バレるようなヘマはしない』とか得意そうに言って」

『楽しいのは、中身がオレってバレないよう他人を演じることで、あんたになったことじゃねえ！』

「あぁ、なるほど」

そこはさすが粋くんだ。己を省みてため息をついた。

「その点、俺は最悪」

他人になりすます自信がないという意味で言ったつもりだった。しかし粋くんは『だろうな！』と心底忌々しそうに怒鳴ってくる。なぜだ。

ともあれケンカを避けるべく話題を変える。

「で……こんな事態になった心当たりは？　ちなみに俺にはまったくない」

『はぁ⁉　こっちだって心当たりなんて！　……ない』

「今の不自然な間は？」

『ない！　夢！　あれは夢に決まってる！』

「じゃあいつまで続くのかも……？」

『知るかよ』

にべもなく言われ、互いに押し黙る。と、粋くんはまたしても尖った口調で言った。

『電話しろって言うからしたけど。特に解決策ないなら切るぞ』

「会ってみるとか……」

『え？』

「顔を合わせれば何か変わるかもしれない――」

自分でそう言った時、ふと気づいた。

（よく考えれば、これって最後のチャンスかも……？）

何しろ「ルシア」の公演はなくなってしまうかもしれないのだ。そうなれば粋くんと会う機会はこの先おそらくないだろう。

（え？　じゃあ粋くんの中での俺の記憶って、あの最悪の制作発表と、台本読みと、このやたらケンカ腰な通話だけで終わり……!?）

そんなのはあんまりだ。何かほんの少しでも、もっと失敗をフォローするようなマシな思い出がほしい。そして粋くんには、俺がそこまで変な人間じゃないという記憶も残したい。その一心で言い募る。

「そう！　ほら、会ったら入れ替わりが元に戻るかもしれないし、あるいは原因や対処法が見つかるかもしれない……！」

しかし粋くんはあからさまに面倒くさそうに応じた。

『もしくは寝れば元に戻るかも。アニメだとそうじゃん』

入れ替わりネタで有名な某アニメ映画を引き合いに出され、すかさず返す。

「アニメだと、もう一度寝るとまた入れ替わる」

『ヤなこと言うな！』

「だから、これはもうふたりで直接会ってみるしか」

『んな暇ねぇよ！　おまえ自分の忙しさわかってんだろ！』

「この期に及んで会うのをためらうなんて……やっぱ俺でいることを喜んでて、元に戻るのを避けようとしているとしか思えない」

『挑発とわかってても心底腹が立つ！』

「みじめだな」

『おぉぉいいとも会ってやる‼　もうおまえの仕事のことなんか知るか！』

スピーカーホンにしていなくても聞こえるほど大きな声が、六畳一間の部屋に響き渡る。しまった、と思っても後の祭り。

（口の動きがなめらかになりすぎだ、俺……！）

言いたいことは何ひとつ言えないのに、余計なことばかりすらすら言えてしまうのはなぜなのか。自分のポンコツ具合に絶望しつつ「いや……」とつけ足す。何か誤解が生じている。

「仕事は関係ない。明後日の夜、美園さんの通夜があるじゃないか。そこでタイミングを見てって意味で――」

共演者の通夜だ。さすがに萌子さんもそこはスケジュールを空けるだろう。途中、ふたりになる時間を取ってもらえれば――そのつもりで言ったのだが、粋くんは忘れていたようだ。『あ』とつぶやいた後、しばし押し黙る。

『じゃっ……じゃあ、そん時また考えようぜ！』

こちらが答える間もなく、一方的にそう言って通話は切られた。

「――……」

ツー、ツー、ツー、としばらく鳴った後で待ち受け画面に戻ったスマホを手に茫然とする。全身に嫌な汗がドッと湧いた。そのまま脱力してぐらりと傾き、床に横倒しになる。ゴン、と頭をぶつけるも気にならない。

たった今、心に受けた衝撃に比べれば何ほどのものでもない。

（……今日一日の疲労のせいで虫の居所が悪かったのかもしれない……）

そう。そうだ。悪気があるわけではなく、入れ替わりという事態に、俺よりもずっと動揺しているから、だから言動がきつくなってしまっただけにちがいない。

当然だ。俺は粋くんのことを何年も追いかけてきた。でも粋くんは俺のことを何も知らない。降ってわいた珍事に混乱しきって、神経を尖らせているとしても不思議はない。が、二日経てば混乱も少しは落ち着くだろう。次は普通に話せるにちがいない。

本来の粋くんはとても気さくで人好きのする人柄なのだから。もしかしたら今頃、言いすぎたと思っているかもしれない。

（明後日はきっと少し気まずそうに、何でもないふうに話してくれる……はず）

デビューしてから「ルシア」の制作発表まで、粋くんとは話をするどころか、遠目に見かけることすらなかった。

制作発表の時の件も含めて、塩対応されるような心当たりはまったくない。だから自分にだけ態度がちがうと感じるのは気のせいだ。そうに決まっている。不安になる必要はない。

何度もそう自分に言い聞かせるも、重苦しいもやもやはなかなか晴れなかった。

※

そして二日後。

入れ替わりが起きてから三日目の夜、初めて〝粋くん〟の姿で外出した。

いや、厳密には初めてではない。実は二日目の朝に一度だけ近所を歩いた。俺が〝粋くん〟を演じたところで誰もだまされない、とでも言いたげな決めつけに反発を覚え、歯ブラシと当面の食料を買いに行ってみたのだ。

それでも念のため一番近くのコンビニは避け、少し離れたところにあるコンビニに行った――が、そこでも店員はこちらの顔を見るや、笑顔で親しげに話しかけてきたため、買い物だけして逃げるように帰ってきた次第である。

(なぜだ!)

誰にも彼にも愛想がよくて、どこに行っても知り合いだらけのくせに、なぜ俺にだけちょっぴり塩対応なのか。前夜の電話を思い出して、忸怩たる思いを噛みしめる。

（いや、俺もつられて言いすぎたけど……）

ともあれ、それ以降は余計なことはせずに閉じこもって過ごした。元々インドア気質なので、一日二日外に出られなくてもまったく問題ない。

発見したＤＶＤを観つくしてしまうと、今度はネットで自分のサブスクアカウントにログインして粋くんが出ている映画やドラマを観た。これまでにも何度も観ているが、本人と会話をする際に何かの話題になればと思い、改めて復習をしたのだ。

同時に柔軟や筋トレにもしっかりと時間を取った。役者の身体である。できる限り良いコンディションを保っておかなければならない。また、公演がどうなるかわからないとはいえ、いつ稽古が始まってもいいように「ルシア」の台本を読み返すなど、引きこもっていても意外にやることはある。

粋くんの事務所からは、あれから特に連絡がない。電話をかけてきた社長はマネージャーでもあるらしいが、連絡は単発の仕事やオーディションがある時のみ。トラブルがない限りは放任されているようだ。

長いキャリアから、それだけ信頼されているのだろう。

（なんかもう、どこを切り取ってもカッコいいんだが……！）

何から何まで萌子さんの世話になっている身としては憧れるばかりだ。

「暑い……」

押し入れに一着だけあったダークスーツに袖を通し、通夜に向かうため家を出たものの、うだるような暑さに負けてすぐに上着を脱いだ。ネクタイを緩めながら通りを歩き、ふと違和感を感じる。

（そうか……）

大通りに出ても、道行く人が振り向かない。電車に乗っていても、誰も自分に目をとめない。それは物心ついて以来覚えたことのない、奇妙な感覚だった。

通夜の会場に着いてからも変わらない。

密葬ということもあり、都内の寺院に集まった人数はさほど多くなかった。見た感じ芸能関係者ばかり。いつもなら自分が姿を見せたとたん多くの視線が集中し、見知らぬ人間が引きもきらず話しかけてくる。もっとも苦手な時間だ。だいたい萌子さんを盾にして逃げる。

だが〝粋くん〟の姿の今は誰にも注目されなかった。のびのびした気分で歩き、ゆっくりと会場を見てまわる。が。

「あれ？　粋くん、おーい！」

ある瞬間、そんな声がかかり、ぎくりとした。振り向けば「ルシア」の関係者が手を振ってくる。その隣には共演者たちの姿もあった。

（マズい……！）

あわててトイレに向かい、しばらくそこに閉じこもる。ホッと息をついてから、どうすればよかったのかを考えた。

もし本物の粋くんなら、あの場でどのように反応しただろうか？　想像する。自分の知る彼なら――

大きく手を振り返して、ジェスチャーでトイレを指すか、あるいは「トイレ！」と大きな声で言って皆を笑わせていたかもしれない。

（落ち着け……。次。次はそうしよう……）

その時、ふいに外でざわめきが起きた。小さな窓からのぞいたところ、〝夏流〟が到着したようだ。急いで外へ出て行くと、事務所が用意したと思われる黒塗りの車から、喪服姿の自分が降りてくるところだった。その光景を不思議な感慨と共に見守る。

傍らに萌子さんを伴い、〝夏流〟は堂々と歩を進めていた。話しかけてくる周囲へはいつも通り萌子さんが対応している。〝夏流〟自身はそういう人々を避けるように、足早に受付へ向かいかけ――そしてふとこちらに気づいた。

と、萌子さんに何かささやいてからトイレのほうにやってくる。姿が隠れるよう中に入って待っていると、粋くんは出会い頭に厳しい口調で言った。

「あんたこんなとこで何やってんだよ!?」

責める目つきが胸に刺さり、もごもごと応じる。

「知り合いと話して自爆しないよう、人が少なくなってから焼香に向かおうかと……」

と、粋くんは苛立たしげに眉根を寄せた。

「花音はオレの幼なじみだぞ。弟の初音ともども子供の頃からずっと親しくしてきた。他人事みたいな顔してないで、もっと打ちひしがれたふりしろよ」

もっともな指摘にハッとする。

「そうだった……」

「あと初音に伝えてくれ。——ずっと連絡できなくて悪かった。何て言えばいいのかわからなかった。花音からの着信については、いつもの連中と飲んでて気がつかなかっただけで他意はない。オレは花音が死ぬ理由なんて何も知らない。オレだって花音が死んだって聞いて……驚いた。きっと……初音と同じくらい、驚いた……」

粋くんは深くうつむき、声を震わせる。泣いているようだ。

(そうだ。入れ替わりだけじゃなくて、幼なじみの急死にもショックを受けてるはず……)

三日間、その点に思い至らなかったことを反省する。黙って見守っていると、やがて彼は目頭を指でぬぐいながら顔を上げた。

「初音にそう伝えてくれ」

「あぁ」

「まったく。なんでこんなことになったかなー」

　泣き顔を見られた気まずさからか、粋くんはそう言いながら背を向ける。そしてトイレの手洗器で手をぬらし、目蓋にあてて冷やし始めた。

「あの――」

　どうしても、ひとつだけ確認しておきたいことがある。俺は思いきって口を開いた。

「美園さんと付き合ってたのって、鷹山くん……？」

　と、彼は不愉快そうに噛みついてくる。

「花音はアイドルだぞ!?　男なんていない。変なこと言うな！」

「え？」

　俺は驚いて訊き返す。美園さんにはカレシがいたはずだ。絶対にいたはずだ。

「でも……そう、制作発表の時に電話番号を訊いたら、最初は『カレシいるんで』って断られた」

「は!?　おまえ花音をナンパしたの!?」

「じゃなくて！　ちょっと……話があった、から……」

　どうしても相談したいことがあると、事情を伝えたところ、彼女は番号を教えてくれた。誓って変な目的ではない。

　不審そうにこちらを見ていた粋くんは、ややあって放り出すように答える。

「オレは花音のカレシじゃないし、オレが知る限り付き合ってるやつもいない」

「そう……」

ということは、粋くんは知らないのだ。美園さんは彼に隠していたのだろう。

（あるいは……）

ふと思いつく。粋くんが演技をしている可能性もある。知らないふりをする――それを相手に嘘と気づかせないことなど、彼には造作もないだろうから。

奇妙な沈黙が降りた時、足音がひとつ、トイレに近づいてきた。

その瞬間、粋くんの雰囲気が一変する。

表情のみならず、所作までも〝夏流〟になりきり、彼はさっとトイレから出て行った。

と、廊下で鉢合わせた誰かが声を上げる。

「あぁ夏流くん！　ドラマ毎週観てるよ。あれいいねぇ！　妹のナナちゃんとの掛け合いが楽しくてさぁ！」

「どうも。ミミちゃんですけど」

「あ……っ」

相手にそれ以上口を開かせず、粋くんは小さく一礼して去る。

（すごい。俺っぽい……）

知らない相手からすばやく逃げるあたりが我ながらそっくりだ。相手は「あ～あ」と言いながらトイレに入ってきた。

「顔だけのくせに。偉そうに……」

「――――」

苦々しくぼやく声に息が止まる。

(偉そう？　そんなふうに見える？)

普段なにげなく見せている自分の態度。それが相手の目にはどう映っているのか。自他の認識にだいぶ差があるようだということに、今さらながら気づいた。

そしてもうひとつ。

やはり――ファンとしてどうひいき目に見ても、粋くんは俺にだけ態度が冷たい。最初から常にどこか反発がある。近くにいる時はいつも眉根に皺が寄っている。なるべくなら近づきたくない、言葉を交わしたくないという苦々しい本音が、言動の端々から伝わってくる。

(これは……)

もしかして警戒されているのだろうか？

彼はやはり美園さんの自殺の件に何か関わりがあって、入れ替わったせいで俺が何かに気づくかもしれないと不安があるとか？　だから普段と比べて態度が尖るのか。

(他に理由なんて思い当たらない……)

単純に嫌われているという可能性もなきにしもあらずだが、そもそも会ったこともない相手を嫌うなんて、彼に限ってあるはずがない。

(ないない。粋くんはそんな人間じゃない)

小さく微笑みをこぼしつつ首を振る。

とはいえさみしい。共演が決まった時から、言葉を交わすのを緊張しつつも楽しみにしていたのに。同じ舞台に立てるのが、不安だけどうれしかったのに。

しょんぼりトイレに佇(たたず)む俺を、後から来た男が怪訝そうに眺めて去っていった。

第三幕

「ケータリング届きました！　香乃さん、お好きなもの選んでくださーい」

　男性スタッフが五種類もの弁当を抱えてくる。全部系統がちがうようだ。遠目に見た感じだと、和食、洋食、中華、デリ系サンドイッチ、焼肉ってとこか。オレとしては並べてよく吟味したいところ。

　だがヘアセット中だった〝夏流〟は、スマホの動画を見ながら鏡越しにちらりとそれを一瞥し、「何でもいい」とつぶやく。

「ええと、じゃあ……どれがいいかな……」

　真剣に選び始めたスタッフに、スタイリストの女性が助け船を出した。

「やっぱり焼肉弁当じゃない？　夏流くん、午後も予定詰まってるから、しっかり食べとかないと」

「そうですね！　有名店の焼肉で精をつけてください！」

　スタッフは笑顔でそう言って弁当を置き、忙しげに去っていく。自分だったら、背中に向けて大きな声で礼を言う。が、〝夏流〟はそういうタイプじゃない。スタッフの動きになどかまいもせず、下を向いてスマホを見続ける――ふうに演じる。

（あぁぁぁイライラする！　気にくわないったら気にくわない！）

　たった三日で、というべきか、三日も続けたからというべきか。

　今をときめく人気俳優なる立場がいかにうらやましいものか、心の底から噛みしめるはめになった。

どこへ行っても下にも置かない扱い。常に大勢の人が囲み、仕事に集中できるように終始気を使い、次から次へと偉い人が挨拶に来る。自分で何かをする必要はない。「●●ある？」と言えば何であれ速やかに用意される。何なら「●●」だけでも！

どこへ行っても空気の扱い、終始偉い人に挨拶に行くタイミングをうかがい、必要なものは全部自分で用意するのが当たり前、ケータリングはありつければラッキーな人間にとっては、人生観を根底からひっくり返されてしまう状況だ。

そして傍らには、オレが命名したところの「うちの夏流くんカッコいいじゃないですか～！」がいる。本名は剣持萌子。香乃夏流のマネージャーだ。

茶色く染めた長い髪をクリップでまとめてアップにした、三十代後半の美人。いつもニコニコ愛想がよく、仕事もバリバリできる人のようだ。詰め込まれたスケジュールの管理・調整はほぼ完璧である。が、仕事相手に対して、口を開けば「うちの夏流くんカッコいいじゃないですか」しか言わない。

最初は慄いていたものの、三日も経つと、それなりに意味のある口癖だとわかってきた。業界の裏話や陰口、反応に困る愚痴などを聞かされた時にも脈絡のない「まぁ、それはそれとしてうちの夏流くん、ほんとカッコいいじゃないですかぁ！」であしらってしまう。

相手は苦笑いで同意するしかないという寸法だ。

ようは、香乃夏流という人間は常に肯定されている。そこにいるだけで圧倒的に肯定されている。何もしなくてもほしいものが与えられ、誰もが褒めそやし、憧れの目で見つめてくる。

（にもかかわらず！）

圧倒的な厚遇を〝夏流〟は当然のごとく受け止め、いつも無表情で、ふてくされたような眼差しを周囲に向けて最低限の仕事をこなすばかり。すっかり天狗になり、周囲の厚意に胡坐をかいて何とも思わない恥知らずだ。皆がひれ伏すのは新人俳優ではなく、大手事務所の威光であるというのに。

デビュー後にすぐ売れた芸能人にありがちなタイプとはいえ。

（ホントにろくでもないやつだな、香乃夏流……！）

心の底からうんざりする気持ちを噛みしめた。

そもそもなぜ黒いスーツを何着も持っているのか。どれを着ればいいのかわからず、誰にも相談できず、通夜と葬儀の際に余計な苦労をしたじゃないか！

（前はそんな感じじゃなかったんだけどな……）

向こうは覚えていないようだが、実は何年か前に一度会ったことがある。その時は顔がいいだけの普通の少年だった。終演後にわざわざ感想を言いに来てくれた記憶がある。

が。二年前、大手芸能事務所から華々しくデビューするや、彼はまたたく間にスターダムを駆け上がっていった。そして――おそらくはその間に、異様に甘やかされた環境のせいで人格が歪められてしまったにちがいない。

（とにかく偉そうなんだよ！）

素でいる時は表情に乏しい、寡黙な性格で、必要以上に話すことはほとんどない。それでなくても目力が強いため非常に威圧的だ。

「ルシア」の制作発表で、壇上に上がる前に声をかけてきた時も、ケンカを売っているのかと思うほど偉そうな態度だった。棒読みの言葉からは、いかにも形だけ挨拶しました感がひしひしと伝わってきた。

公開されている情報によると裕福な家に生まれ、両親は幼い頃に離婚。大人しい性格で、ひとりで家にいることが多く、読書やテレビ、配信動画に没頭する子供時代だったと、どこのインタビューでも答えている。

私立の名門校を幼稚園からエスカレーターで進学し、現在はそこの大学生。ただしほとんど通学していない。萌子さんに探りを入れた感じでは、飲みに行ったりする友達もいないようだ。ＳＮＳで検索してまわったところ、自称小学校からの同級生が「友達はいないけど、かといって虐められてるわけでもない、孤高ポジションにいた」とつぶやいているのを目にした。さもありなん。

さらに家にあった過去の仕事の映像を片っ端から観てまわり、作品そのものはもちろん、メイキングや撮影途中のインタビューなど、素の顔を舐めるように観察した。

その結果浮かび上がってきたのは、内向的で人付き合いが下手、しかし自意識だけは異様に強く、周りを見下して反感を買いまくる尊大な人物像だった。仕事は言われたことをそのままやっているだけといった印象だ。それでも二年続けて多少はマシになったが、決してうまくない。

これを演じ続けるのはフラストレーションが溜まる。

「そういえば……花音をナンパしたって言ってたな。陰でしっかりやることはやってる系か……」

気がついた点を脳裏でメモし、演技プランを微修正する。ますます気にくわない。

（イライラする――）

オレが切望するあらゆるものに恵まれていながら、それが当たり前だと勘違いをして、自らすべてを台無しにしている。どうにも好きになれない。だが、その好きになれない夏流が、世間で人気を博し、大きな仕事に引っ張りだこで、もてはやされているのだから実にまったくおもしろくない！

安アパートの一室で、今頃さぞ苛ついているだろう。誰にも顧みられない生活に、どん底の気分でいるにちがいない。

（入れ替わった相手が悪かったな。せいぜい売れない役者役をやる時の参考にしろ！）

ぷりぷりと怒って心の中でつぶやいた時、事務所の車が自宅マンションの駐車場に到着した。

ちなみに場所は中目黒。地下駐車場から外に出ることなく自宅に帰れる有名人仕様である。

（タワマンじゃなくて低層高級マンションってとこがまた嫌味だ）

夏流のものと思えば、もはや何から何まで気にくわない。くさくさした気分でいると、車を停めた萌子さんが「お疲れ様です」と声をかけてきた。

「明日は午前中が歌と演技のレッスンで、午後はいよいよ『ルシア』の稽古再開ですから、今日はしっかり寝てくださいね」

「はい」

そう、「ルシア」は配役を変えて公演を続行することが決定した。先ほどそう連絡が来た。ひとまず〝粋〟にとっての大きな仕事がなくならずにすんだことにホッとしつつ、今後どうなるのか、嫌な予感しかない。

「じゃあ――」

無表情に応じ、車を降りようとドアハンドルに手をかける。その時、運転席からこちらを見ていた萌子さんが小首を傾げた。

「……少し様子がおかしいようですけど、何かありました？」

「――――……!?」

不意打ちの問いにぎくりとする。

「花音ちゃんの件があったせいかとも思いましたけど、でもそれだけでもないような……?」

「……オレ、おかしい?」

分析できた限り、しっかり演じているはずなのだが。

困惑を押し殺して見つめ返すと、萌子さんは軽い口調で言った。

「おかしいというか……、前は私にもっと色々話してくれたじゃないですか。加瀬さんから、夏流くんは一度懐いた人には自分から話すようになるって聞いたので、私にも心を許してくれているのかと、ちょっとうれしかったんですけど……。なんだか初めて会った頃に戻っちゃったような……?」

(そんなのオレは聞いてないし!?)

やはり巷に出ている情報だけでは誰かを完全に再現するには足りない。動揺を抑えて慎重に返す。

「……舞台のことで、頭がいっぱいで」

「あぁなるほど! そうですね。夏流くん、この舞台に対する意気込みすごいですものね。言われた通り、稽古と公演にしっかり専念できるようスケジュールを組んでます。台本読みの時のようなことは絶対くり返しませんので、安心してがんばってください！」

「………」

「明日は鷹山くんとも仲良くできるといいですね。大丈夫。夏流くん、うちの事務所で一番カッコいい俳優ですし、うまくいきますよ！」

「は？」

（ヤバい。素で声が出た……っ）

焦るオレに向け、彼女はにこやかに微笑んだ。

「なにか？」

「いや……」

（オレと仲良くって……どういう意味？）

飲み込んだ質問に首をひねりながら、車を降りてエレベーターに向かう。ボタンを押しつつ頭の中は疑問符でいっぱいだった。思いがけない言葉の数々を頭の中で整理してみる。

夏流は「ルシア」の舞台に対する意気込みがすごい。萌子さんに指示をして、稽古と公演に集中できるようスケジュールを組ませた。また台本読みの際の遅刻を気にしていたようだ。そして――鷹山粋と仲良くしたい？

（いや、台本読みの時にトラブったことを言ってるだけかも。最後のはどうでもいいや。でも……）

他の言葉は、自分が思い描く夏流像といまいち嚙み合わない。萌子さんの発言が正しいのなら、夏流はこの舞台に真剣に取り組もうとしていることになる。

（何か理由があって、この舞台だけ？　それとも……）

もし夏流がこれまでにも自分の仕事をまじめにこなしてきたのだとすれば、二年経っても今の状態なのは、単に彼に才能がなかった結果なのだろうか。

（高慢な言動は、それを隠そうとしてのこと……？）

頭の中でつじつまを合わせ、「尊大で周りを見下した性格」のあたりに修正を入れていく。そうそう、「心を許した人間とはそれなりにしゃべる」の情報も加えなければ。癪（しゃく）だが。

（癪？）

ぽろりと自分の心からこぼれたつぶやきに気づく。夏流と向き合うたびに湧き上がる、無条件の強い反発のせいだ。夏流はとことんイヤな人間であってほしい。だから彼について、いい情報をつけ加えるのが癪なのだ。

本音から目を背けた瞬間、ポーンと軽い音がして目的の階に着き、エレベーターの扉が開いた。夏流の部屋まで続く廊下は広く、天井が高く、壁には幾何学的な模様が彫りこまれている。

瀟洒（しょうしゃ）な廊下に足を踏み出すのは実のところ気後（きおく）れを感じる。が、それを欠片（かけら）も感じさせない足取りで歩き、慣れた仕草に見えるよう意識しながら、自分の部屋の鍵をスマホで開錠した。

※

翌日、舞台「ルシア」の稽古は再開した。

最初に演出家である加瀬藤吾が皆の前に立つ。年齢は三十路をいくつか越えているはずだが、トラッドスタイルをほどよく着くずした姿は二十代にしか見えない。

彼は、ヒロイン役は花音の双子の弟・初音に急きょ交替することになったと発表した。

顔や雰囲気が花音によく似ていることと、子供の頃にとはいえ舞台経験があること、何より本人の強い希望があり、話題作りとしても申し分なかったこと。諸々が考慮された結果だという。

何にせよ企画そのものが潰れなかったのは、誰にとってもラッキーだった。

「最初は双方の事務所に渋られたけど、交渉と調整を重ねた結果、何とかOKをもぎ取った」

目の下に濃い隈を作っての加瀬さんの言葉に、関係者から拍手が起きる。当の初音は、元々の仕事があるとかで今日の稽古場には顔を見せていない。

ともあれ稽古が始まった。

舞台「ルシアア」の原作は少女マンガだ。既存のオペラ作品にオリジナル要素を加えてふくらませた、二次創作的な物語である。

元になったオペラは「ランメルモールのルチア」。いわゆるスコットランド版「ロミオとジュリエット」というべき内容で、マンガも基本はそれを踏襲している。

舞台は十八世紀のスコットランド。宿敵同士の一族に生まれたルシアとエドガーが愛を育むも、ルシアの兄ヘンリーの策略によって引き裂かれる。最後にルシアは正気を失って事故死し、エドガーも愛に殉じて死ぬ。現実世界で結ばれなかったふたりは死後に再会し、幸せになる――というのが大まかなストーリーだ。

セリフのある登場人物は全部で七名。主要三名に加えてルシアの家庭教師レイモンド、同婚約者アルトゥール、同侍女アリサ、そして城の衛兵ノーマン。五名は二十歳前後の若手俳優だが、アリサとノーマンはひとまわり年嵩のベテランという配役だ。

〝夏流〟が演じるのは主役――ルシアの恋人エドガーである。稽古がなかった二日の間にセリフは完璧に頭に入れておくよう通達があった。

よって初日の今日は早くも立ち稽古から始まった。もちろんオレは「エドガーを演じる夏流」を演じる。

（なかなか挑戦しがいのあるお題だな……）

夏流の演技は仕事を重ねて多少上達してはいるものの、まだまだ淡白だ。発声や動きについてはそれなりに身についている。しかしおそらく本人が思っているほど感情を乗せられていない。また社会経験の乏しさゆえか、芝居に説得力がない。そのため観ている側に響かないのだ。

読み解いてしまえば、後はその通りに演じるのみ。指導席の真ん中には加瀬さんが座っているが、もちろん稽古場では叔父も甥もない。終始厳しい指導が飛んできた。

「そつのない芝居をするな！」

「リアリティが感じられない。薄っぺらいんだよ」

「やりすぎなくらいでいいから気持ちをこめろ！」

ひとつひとつの指摘に、「はい！」「はい！」と必死に返す様を装いながら、うまくやれていると自信を持つ。壁際で見守る共演者たちにまじって、夏流の視線を常に感じた。何か不満でもあるのか、初音の代役には目もくれず、まっすぐにこちらを睨んでいる。

（無視だ無視。かまってる場合じゃない――）

冒頭の場面をまとめて稽古し終えたところで休憩に入った。壁際まで退がり、長テーブルに置かれていたペットボトルのミネラルウォーターをひと息にあおる。

その際、ちらちらとこっちを見る共演者と目が合った。

「あ――」

オレがつぶやくと、相手はすごい勢いで飛んでくる。

「おつかれさまっす！　すごいよかったです！　夏流くん、すでにかなり役つかんでるっていうか！」

大声で恥ずかしげもなくお世辞を口にするのは光之介である。

中高でずっと演劇部に所属し、卒業に前後して受けた2.5次元作品のオーディションに合格してプロデビューを果たしたという、すばらしく運の良い十八歳。またそれがきっかけで大手事務所にスカウトされた夏流の後輩でもある。そしてもちろんイケメンだ。夏流とはちがい、明るい陽キャタイプだが。

この舞台ではヒロインの婚約者、アルトゥールを演じる。一応オーディションで合格したことになっているものの、実は事務所が夏流とバーターでねじ込んできたらしい。

とんとん拍子の大舞台出演を経て調子に乗っているかと思いきや、そんなことはまったくなく、それどころか驚くほど如才がない。

「オレも夏流くんを見習ってもっとがんばらないとですね！」

六年も演劇をやっている身でありながら、俳優歴二年の先輩をあくまで立ててくる。もちろんオレは〝夏流〟らしく黙殺した。が、相手は気にする様子なくささやいてくる。

「――ところで、あれ聞きました？」

「あれ？」

意味ありげな問いに、前を見たまま訊き返した。夏流には、あまり人と目を合わせない癖がある。

「スタッフの間で噂になってます。花音、病院で亡くなったたって。病室で手首を切って、一面血の海だったらしいっすよ」

「病院？」

振り向きたくなるのを、ぐっと堪えた。

「どっか悪かったの？」

「さぁ、でも……」

光之介はさらに声を落とす。

「病院に来たとき、男と一緒だったみたいです。でも男はすぐ消えちゃって、花音は手首を切ったっていう……」

「――……」

心臓を冷たい手でつかまれる。

夢で見た光景が脳裏にフラッシュバックした。青ざめた顔で花音を揺さぶる夏流。彼女をタクシーに乗せ、自分も乗り込んでいた。あれはただの夢か？　それとも――

ペットボトルをにぎりしめるオレの横で、光之介はシルバーに染めた髪の毛を両手でかきむしる。

「すげーショック！　自分、花音のガチファンだったんですよ！　ライブは地方含め全部行ってたし、カラオケでは彼女の曲しか歌わないし、周りにCD配りまくって布教したし、彼女の誕生日にはファンを集めて生誕祭したし、別に繋(つな)がり厨(ちゅう)ってわけじゃないけど、共演が決まって挨拶したら、実際すっげーいい子だったし、もしかしたらワンチャンあるかもって、めちゃくちゃうれしかったのに――」

「おい」

アイドルに下心を持つのはファンとしていかがなものか。

光之介はハッとしたように言葉を止めて手を振った。

「いやでもマジ自分、カレシとしてオススメですから！　顔いいし、おもしろいし、尽くすタイプだし、家事得意だし、色々ハイスペックなんできっと花音を幸せにできるし、それに彼女の足、絶対に引っ張ったりしないし！　匂わせなんか断じてしないし、オレよりファンを優先してくれてかまわないとまで覚悟を決めてたのに……！」

ひと息にまくしたて、若者は苦悩に顔を歪める。

「すでに男がいたなんて！」

なまじイケメンなだけにアホさ加減が半端ない。おまけに張り上げた声に稽古場が静まり返り、非難めいた眼差しが飛んでくる。

「…………」

オレは〝夏流〟らしく、さりげなく後輩から離れた。


休憩の終わった稽古場に、加瀬さんの声が響く。

「次、一幕五場、レイモンドとヘンリーのシーン」

どきりとした。レイモンドは本来、オレが演じるはずだった役だ。ルシアの兄ヘンリーの親友にして、ルシアの家庭教師でもあるという立ち位置で、兄妹のどちらとも親しく、ふたりの衝突に胸を痛める。

名前を呼ばれた〝粋〟が、緊張した面持ちで稽古場の中心に進み出た。

その姿にさりげなく目をやって、早くも絶望的な気分になる。

(見るからにガッチガチに力入ってんじゃん！　少しはリラックスしろバカ……！)

仮にも二年間、事務所のレッスンを受けつつ俳優業をこなしてきたのだ。皆が見ている前で演技をするのなんて慣れているだろうに、なぜそうも緊張するのか。

対するヒロインの兄ヘンリーを演じるのは、小出佳史。太い黒ぶちメガネがトレードマークのこちらは、商業劇団に所属し、小劇場で活躍してきた本職の舞台俳優だ。格がちがいすぎる。

「よろしく。お手柔らかに」

口ぶりだけは謙虚に言いながら、〝粋〟を見る目は自信に満ちて挑発的だった。本来オレは、その手の挑発に喜んで乗るタイプなのだが――

（おいおい、やる前からのまれちゃってんじゃーん……）

すでに見ていられない状態だ。

緊張に青ざめて立つ夏流は、挑発どころじゃなさそうだった。そしてやはり稽古の内容は目も当てられないものになった。かろうじてセリフは言えているが、それだけ。芝居のキャッチボールがまったくできていない。稽古以前の状態である。

佳史のとまどいが手に取るように伝わってきた。それはそうだろう。慣れた者同士、阿吽の呼吸でやれると信じていた相手が、ここまでダメダメだったのでは。

（くっそぉぉぉ!!）

どうすることもできず、じりじりと見守る。またまた近づいてきた光之介が、したり顔でささやく。

「あの人、うまいって聞いてたけど大したことないっすね。夏流くんのほうがずっとよかったっすよ、イヤお世辞でなくマジで」

（お世辞でないのがムカつく!!）

いちおう自分の名誉のために、まったく興味ないふうを装いつつしっかり返す。

「……美園花音の件が尾を引いてるのかもな……」

「あぁ、そういえば幼なじみ——え？　ヤバいオレ閃いちゃいました！　病院から消えた男ってあいつなんじゃ……!?」

「ちげぇよ！」

小声でろくでもないことをささやかれ、脊髄反射で否定した。

「え？」

「ん？」

（やばいやばい……）

飛び散った冷静さをかき集めて稽古へと意識を戻す。そんな中、ふと気づいたことがあった。

明らかに緊張しているにもかかわらず、夏流の肩は外側に開いている。そのせいで、うまくいっていないにもかかわらず、どこか尊大な印象を与えてしまっている。

（癖なのか……？）

普通、人は緊張すると肩が内側に寄るものだ。逆はめずらしい。

もしこれが緊張した時の癖なのだとすると、彼の過去の映像の中で、やたらと態度が横柄だと感じていた箇所の解釈が変わってくる。

（ふんぞり返ってたわけじゃなくて、あれ全部緊張してたってこと……？）

制作発表で初めて声をかけてきた時も、花音の通夜だというのにトイレに引きこもっていた時も。なんでこんなにふてぶてしいのかとイライラしたが、もしやどちらも緊張していたということなのだろうか……？

新しい発見の正否を探ろうとした矢先、その場面の稽古が終わった。というか、加瀬さんが早々に切り上げたという感じだ。

「粋、具合悪いなら帰っていいぞ」

加瀬さんの言葉は、暗に出直してくるよう求めるものだった。この上ない屈辱である。佳史も首を傾げながら壁際へ戻ってきた。不完全燃焼、と顔に書いてある。まことにもって申し訳ない。

〝粋〟はといえば、虚ろな眼差しだった。

（よせ。オレの顔でそんな姿を見せるな！）

睨みつけていると目が合う。オレは目線で相手を廊下に誘った。

出てきた夏流を、〝夏流〟の身体で押しつけるようにして、壁に手のひらをたたきつける。

「粋の評判落とすなよ！　おまえとちがって、下手って思われたらその瞬間に終わるんだ！」

押し殺した声で迫ると、夏流は不満そうに黙りこんでから小さくつぶやいた。

「……わかってる」

「――――……」

本当にわかっているのか？　何とかできるのか？　焦りと不安でイライラする。とはいえこうなったのは入れ替わりというおかしな現象のせい。嘆くより、どうするか考えて打てる手を打たなければ。

壁についていた手を下ろし、ため息と共にイライラを吐き出した。

「……花音の自殺に動揺してるって皆に言え」

「え？」

「そうだ、オレは花音が好きだったことにしろ。もうそれでいいよ！　だから余計にショックで、自分を立て直しきれてないって言え。いいな!?」

「――――……」

詰め寄る声に気圧（けお）されるように、夏流はうなずいた。がしかし。

「あとおまえ、あれだ。今日うちに来い。とにかく夜通し稽古だ！」

というオレの超絶歩み寄った親切な提案には「は？」と眉根を寄せて首を横に振る。

「なんでそんなこと？」

この期（ご）に及んで不服そうな声音（こわね）に苛立ちが爆発した。押し殺した声が低くなる。

「おまえ自分の状況わかってんのか⁉」

「これ以上はムリ」

「言える立場かおまえ……！」

しめ上げようとのばした手首を、逆につかまれる。

「ムリなものはムリだって！」

大声に驚いたスタッフが廊下に出てきて、新たな大声を出した。

「ちょ、何やってるんですか粋くん⁉」

〝鷹山粋〟が〝香乃夏流〟の腕をつかんで声を荒げている。——これではまるで粋が夏流に絡んでいるかのようだ。稽古場からさらに何名かスタッフが出てきて周りを囲む。

「粋くん、止めましょう！　ね⁉」

「調子悪くてイライラしてたんですよね⁉」

「謝っちゃいましょうよ。ほら夏流くん、びっくりしてますよ」

話も聞かずに、寄ってたかって一方的に〝粋〟を責めるスタッフたちの姿勢にも苛立ちがあふれ出す。

小学生じゃあるまいし強制的に謝らせるなんてありえない。が、彼らにとって鷹山粋と香乃夏流のどちらを優先すべきかなど自明の理というもので。

「いや、ちがうんです。そういうんじゃなくて……」

人気と知名度の差への恨みを嚙みしめつつオレが口を開きかけた時、夏流もまた下を向いてぼそぼそと言った。

「すみません。花音のことで、かなり動揺してて……。俺、彼女のこと好きだったから、今日はずっと普通じゃいられなくて……」

震える声での告白に、案の定、周りにいたスタッフたちから「あぁ……」という、多分に同情のこもった声がもれる。

夏流は両手で顔を覆い、壁に背を預けてずるずるとしゃがみ込んだ。

「すみません……。すみませんでした……」

泣いているように見えなくもない。いい演技だ。

今日の失点についても、これでみんな納得するだろう。事実、スタッフたちはいまや〝粋〟に優しい声をかけ、なだめている。

（演技……だよな？）

〝夏流〟らしくそそくさとその場を離れながら、演技であってくれ、と苦い気分を飲み下した。

たとえ演技でも、自分が打ちひしがれる姿を見るのは精神衛生上よろしくない。

※

明けて翌日。

昨日の出来事はもちろん噂になったようで、〝粋〟の不調は、ひそかに想いを寄せていた花音の自殺のせいだという認識が現場中に広まっていた。だがそれで通すのも二、三日が限度だ。

（どうすっかな……）

初日の緊張は薄れたようだが、夏流の芝居はまだ硬い。いいところがまったくない。見守るオレは気が気でない。加瀬さんの失望のため息が聞こえるたび、「もういい」と言われるのではないかとハラハラしてしまう。

そもそも舞台稽古は個人の練習に付き合う場ではない。どういう舞台を作っていくか、みんなで模索するための場である。それが〝粋〟のせいで足踏み状態なのだ。どれだけ周囲を呆れさせているか想像に難くない。

（うまい役者なんて星の数ほどいるし……！）

鷹山粋の代わりなんていくらでもいる。今だって、代役の役者がいつでも出られるように控えている。

（せっかく大舞台に立つチャンスをつかんだのに。……ここで評価されれば名前が売れるのに！）

オーディション合格の報を受けた時には、これで将来が開けると期待した。が、実際には死刑宣告になりつつある。

焦げるような焦燥と共に見守るオレの耳に、スタッフたちのヒソヒソ声が聞こえてきた。

「はっきり言って代役の子のほうがうまいんじゃない？」

「オーディションで粋くんを推したの、加瀬さんらしいですよ。だから簡単に降ろせないんでしょう」

「でも初主演の舞台で、頼りの先輩がこんな状態じゃ夏流くんだって迷惑よね？」

「うふふ〜、うちの夏流くん今日もカッコいいですよね！」

話を振られた萌子さんのさらりと返す声が、今は何とも心強い。その時、稽古場の入り口が少しざわついた。

「あ、初音くん！」

光之介の大きな声にそちらを振り向けば、花音の葬儀やら何やらで参加の遅くなった初音が姿を現したところだった。

この間までライトブラウンだった髪を、花音と同じアッシュブラックに染めている。ミディアムロングの髪を後ろで緩くハーフアップにした雰囲気は、顔の造作も手伝って花音とうりふたつ。

稽古を中断して迎えたその場に、初音は正統派アイドルの名に恥じない愛くるしい微笑を浮かべて頭を下げた。

「ルシアをやらせていただきます、オーブ事務所の美園初音です。姉の分までがんばります。よろしくお願いします！」

花音とよく似た風貌(ふうぼう)を実際に目の当(ま)たりにしたためだろう。皆が驚いたようなささやきを交わしつつ拍手する。

通夜に出席しただけの〝夏流〟も他人の顔で拍手をした。ちらりと見れば、〝粋〟までもがまじまじと初音の顔を見つめている。

（こらぁ！　おまえは慣れてるはずだろうがー!?）

通夜で会っているはずだが、やはりまだめずらしいと感じてしまうのかもしれない。そう思っている間にも、初音は〝粋〟に近づいていった。

夏流が知らない、個人的なことを話し始めたら邪魔しなければならない。オレも台本を読み直すふりでさりげなくそちらに近づき、ふたりの会話に聞き耳を立てる。

初音はふんわりとしたかわいい笑顔のまま〝粋〟の肩をたたいて言った。

「調子悪いんだって？　てか花音のこと好きだったとか初耳なんだけど。てめぇの不調を適当に花音のせいにしてんじゃねぇぞ？」

「――――」

夏流は言葉を失っている。そう。初音の見た目と素の言動は、いまいち一致しない。相手の肩に手を置いたまま、初音はそこで笑顔を消した。周りを気にするように少し声を潜める。

「ちょっと、おかしなことがあんだけど」

「……おかしなこと？」

「花音のスマホが葬儀中に盗まれた。犯人マジ殺す。あと……」

初音は間近から厳しい顔で〝粋〟を見上げ、凄(すご)みのある声音で問いただす。

「花音は妊娠してた。子供の父親、まさかおまえじゃないだろうな？」

「――――……っ」

聞き耳を立てていたオレの呼吸が止まった。

第四幕

〝粋くん〟の中で、俺は日に日に追い詰められていった。

俳優という道を選んだからには突き詰めようと、様々なレッスンを積極的にこなしてきた。初めての舞台である「ルシア」の仕事が決まってからも、台本を読み込み、時代背景の参考になりそうな文献や映画を当たり、自分なりにできる限りの準備をした。

(でもダメだ……。努力しました、じゃ全然足りない……)

ひとつだけ弁解をさせてもらうなら、もし香乃夏流として稽古に臨めていたなら、これほどせっぱ詰まった状況にはならなかったはずだ。もちろん周囲との実力の差を感じることは多かったろうが、自分自身、もっと落ち着いて対処できたと思う。

鷹山粋としてここにいるという事実が、何よりのプレッシャーとなってのしかかってきた。

(粋くんの評判を落とすわけにはいかない)

その一心で、うまくやろうと気張れば気張るほどできなくなる。何より稽古場で俺を見る粋くんの眼差しに耐えられない。

他の人間の視線は気にならない――というか気にしている余裕がない。が、失望と怒りのこもった彼の目だけはぐさぐさ刺さってくる。

(やっぱり……あの申し出を受けるべきだったか?)

粋くんの個人指導。実力の低い俺がひとりで悩むより、どうすればいいのか彼に直接指導を受けたほうがマシなものになるかもしれない……。

（いや、でも！）

申し出を受けるのをためらった理由はふたつ。

稽古の後に自宅マンションへ移動してさらに自主稽古というと、時間的にどう考えても粋くんのアパートに戻れない。つまり泊まることになる。だがしかし――

（ムリ！　ダメ！　絶対！）

人見知りのコミュ障を甘く見られては困る。広い家で、仕事で留守がちの母親にわりと放置されて育ち、それを苦に思うこともなく自分の世界に引きこもり続けてすくすく育った。結果、藤吾（とうご）や親の知り合いを除き、これまで家に友人を呼んだことも、逆に友人の家に招かれたことも一度もない。

そう。これまでの人生の中で『友達の家でのお泊まり』なるイベントに一度も縁がないのである。そんな自分の初お泊まりが粋くんの家（厳密には自分の家だが）というのは――

（あまりにハードルが高すぎる!!）

天地がひっくり返っても「楽しみ♪」なんて無邪気に思えない。緊張のあまりやらかす予感しかない。しかもひとつやふたつではすまなそうだ。なんだこいつはと、演技以外のところでも最低評価を下されたら今度こそ立ち直れなくなる……。

（が――百歩譲って、それだけなら……いい。いや、よくはないけど……！）

粋くんの中で俺の人格の評価が地に落ちる代わりに演技が上達するなら耐えてみせる。

それが彼の将来まで左右することを考えれば、現状もっとも優先すべきは芝居への評価だ。

とはいえ。

お泊まりを拒否した一番の理由は、粋くんの負担が大きくなりすぎることだった。

〝香乃夏流〟は、舞台出演のために無理を言って仕事を抑えてもらっている。が、その分「ルシア」の稽古以外では、隙間時間までぎっしりスケジュールが詰まっている状況だ。

その上さらに俺の稽古に付き合わせては、確実に寝る時間がなくなってしまう。

（夏流の身体は睡眠が足りないとすぐ――あ、それ言うの忘れてた。どうしよう……）

何というか、今の粋にはどうにも近づきにくい。〝夏流〟を演じているというのを抜きにしても、やはり俺に対してのみ明らかに言動が冷たい。

（他の人には、何か意見するときも、もっと気を使って話してるのに……）

例えば昨日の「今日うちに来い。とにかく夜通し稽古だ」にしても、もし他の人間が相手なら、「今日この後って時間あったりする?」から始まるはずだ。いきなりケンカ腰に命令なんかしない。

が、俺と関わる時は終始イライラしている。

（入れ替わりに加えて、俺が下手なせいで、余計に腹が立つんだろうな……）

出口のない中で、ぐるぐると悩みながら進歩のない稽古を続けていた、その時。稽古場の入り口付近でざわめきが起きた。美園初音（みそのはつね）、という名前が耳に入ってくる。

振り向けば、まさに初音くんが姿を現したところだった。

「――……」

そこで皆が言葉を失う気配があった。おそらく誰もが、ふたりがよく似ていることを映像や写真で見て知っていたはずだ。だが実物を目にして、改めてそれを認識せずにいられなかった。

長めの黒髪を後ろで結んでハーフアップにしている。加えてピンクのシャツと、柔らかそうな黒のワイドパンツ。

ユニセックスな格好のせいもあるだろう。だがそれを差し引いても、今日の初音くんはひときわ美園さんに似ていた。身長が十センチほど高いことを除けばそっくりだ。

驚かれるのには慣れているのだろう。初音くんは稽古場をゆっくり見まわしてから、花のような微笑（ほほえ）みを浮かべた。

「ルシアをやらせていただきます、オーブ事務所の美園初音です。姉の分までがんばります。よろしくお願いします！」

はきはきと言い、礼儀正しく頭を下げる。頼もしい姿に拍手が起きた。確かに彼なら姉の穴を埋められるだろう。稽古場の雰囲気が少しだけ明るくなる。

と、初音くんはまっすぐこっちにやってきた。〝粋〟の幼なじみなのだ。不思議はない。何を話しかけられても自然に答えようと気を引きしめる。

目の前に立つと、初音くんはこちらの肩をたたき、にこりとかわいらしく微笑んだ。

「調子悪いんだって？　てか花音のこと好きだったとか初耳なんだけど。てめぇの不調を適当に花音のせいにしてんじゃねぇぞ？」

無造作な言葉にぎくりと心臓がこわばった。

（なんでわかったんだろう⁉）

が、冗談だったようだ。肩に手を置いたまま、彼は微笑みを消し、やや声を落とす。

「ちょっと、おかしなことがあんだけど」

「……おかしなこと？」

「花音のスマホが葬儀中に盗まれた。犯人マジ殺す。あと……」

彼は近くからまっすぐに〝粋くん〟を見据えてくる。

「花音は妊娠してた。子供の父親、まさかおまえじゃないだろうな？」

「――――……」

その瞬間、ドキリと心臓が跳ねるのを懸命に抑えた。

（知ってる）

俺は彼女が妊娠していたことを知っている。が、粋くんは知らないはずだ。ここは驚くべきだろう。

数秒の間、絶句してみせた後、あわてるふりをした。

「……え？　な、なにそれ？　本気で言ってる？」

「ちがうって？　ボクの目ぇ見て言えるのかよ？」

そう詰め寄られ、初音くんの大きな瞳をまっすぐに見つめ返す。

「俺じゃない。花音とは友達だった。それ以外には何もない」

はっきりと否定すると、彼は「はぁぁぁ」と大きな息をついた。

「だよなぁ。よかったー！　いや、悪ぃ。ボクもう何をどう考えればいいのかわっかんなくて……！」

泣き笑いの表情で言い、脱力したようにその場にしゃがみ込む。

「いきなり自殺ってだけでもしんどいのに、妊娠してたとかマジかよって。ボク弟なのに全然知らないってどういうこと!?　相手の心当たりもないし、どうしろってんだよ……。いや相手見つけたら高枝切りバサミでアレちょん切って、絞首刑にするのは確定だけど……！」

「――……」

足下にうずくまる初音くんを、立ち尽くしたまま見下ろした。こっちこそこういう時、どうすればいいのかわからない。「幼なじみ」は、どんな言葉をかけるものなのか……。

（――ん？）

とまどっていた時、粋くんがなにげない足取りで初音くんの背後を通り過ぎた。さりげなく、台本の裏表紙をこちらに向けながら。そこにはボールペンで文字が書きなぐられている。

『オレにできることあったら言えよ。いつでもいいから』

(セ……セリフが⁉)

まるでプロンプター(舞台袖(そで)やカメラの後ろに待機し、役者がセリフを忘れた時などに紙に書いて助け船を出す人)のようだ。

そちらに向けて力強くうなずき、俺は口を開いた。

「お、俺にできることあったら言えよ！　いつでもいいから！」

「ありがと。今は気持ちがグラグラ煮立ってるけど、落ち着いたら電話するかも。あ……」

立ち上がった初音くんは、ごく自然に〝粋くん〟の首筋にきゅっと抱きついてくる。

「変なこと言って悪かった。ホントごめんな」

ポンポンと背中をたたくと、するりと離れて去っていく。

「――――……⁉」

俺はといえば、見知らぬ人間から不意打ちでくらったハグにショックを受け、しばし凍りついた。何だ今のは？　粋くんは親しくなった人と、こんな挨拶(あいさつ)をするのか？　もし親しくなれたら俺とも？　いやいやこんなのファンがしていい接触を超えている。どうしてもというのなら来世で粋くんの抱き枕になるしかない。

（そうだ。粋くん……）

　姿を探したところ、廊下に出て行く背中が目に入った。それを追って部屋を出ると、廊下の先に立っていた粋くんが、こっちを見ながら非常階段に向かう。

　鉄の防火扉を押し開けて非常階段に入ったところ、彼は階段に腰かけて待っていた。こちらを見て「おぅ」と声をかけてくる。

　そのトーンは少し——これまでの呼びかけよりも若干（じゃっかん）柔らかかった。

「……はっきり否定してくれてサンキューな」

「え？」

「花音の妊娠がどうのって話。正直、オレだったらきっとショック受けすぎて、ちゃんと返事できなかったかも」

　膝（ひざ）に肘（ひじ）を乗せた彼は、頭を抱えてうめく。

「あーマジでビビったぁ……！」

「鷹山くんじゃないことは、わかってた、から……」

「なんで？」

　そう問われて、少しだけ後ろめたい気持ちでポケットからスマホを取り出した。

最初は人のスマホをいじってプライベートをのぞき見するのはよくないと遠慮していた。しかし美園さんの自殺に粋くんが何か関わっているかもしれないと考え始めたら……そうではない証拠を見つけて安心したくて、調べずにいられなかった。

「ＳＮＳでの美園さんとのやり取りとか、画像フォルダとか、悪いけど見せてもらった。でも恋人らしいものは全然なかったから」

「当たり前だろ！　花音とオレは本当にただの幼なじみだって！」

「うん」

粋くんは階段の手すりを殴った。

「くそ、誰なんだ……！　花音はアイドルだぞ。まだこれからって時に妊娠なんて、なんでそんなこと……！」

顔を歪めて毒づき、手すりをつかんで立ち上がろうとする。が、そこでぐらついて足をふらつかせた。

「……あれ？」

「どうした？」

「や、なんか、立ちくらみ……？」

不思議そうな粋くんの言葉に、「あ！」と声がもれる。自分の身体の額に手を当てると、案の定というべきか、まずまず熱い。

「たぶん風邪だ。ちゃんと寝てる？」

「連日おまえの過去作のチェックしてるから、そんな暇ねぇよ」

「えっ……」

一瞬うれしさに心臓が跳ねた。俺と同じように、粋くんも俺の過去の仕事を映像で観たのか。大勢の出演者の中から俺を探してくれたのかと感じて。だが。

（いや、全然喜べない……！）

きっと粋くんの感覚では評価に値しないレベルだろう。仕事の手を抜いた覚えはないが、ほとんど素人だったのだ。プロにとっては見るに堪えないものにちがいない……。

苦い気持ちでぼそぼそと説明する。

「俺、睡眠取らないとすぐ風邪引く体質だから。なるべく寝て」

「は？　言えよ最初に」

「昨日の提案も、休養時間を削らせるのがマズいと思って遠慮したんだけど……」

「あれ遠慮だったのか!?」

粋くんは声を張り上げる。

「今日一番のびっくりだよ、まったく……！」

「ごめん……」

小さくつぶやくと、粋くんは虚を衝かれたような顔をし、「謝った……？」とつぶやいた。どういう意味だろう？

　やがて彼は深くため息をつく。

「オレがどんなレイモンドを目指してたか知らないだろ？　それでどうやってオレのレイモンドを演じるんだよ」

「それは――」

「オレ、今日はもう早退させてもらうから、後でうちに来い。萌子さんに電話して三日間病欠するから……」

「病欠って……」

「徹底的に扱いてやる。いいな!?」

　ぎろりと上目遣いで睨まれ、その迫力にドキリとする。思わず大きく何度もうなずく。と、粋くんは言うべきことは言ったとばかりにひとりで稽古場に戻っていった。

　やはり俺に対しては、遠慮も気遣いもなく高圧的だ。指導の申し出も、自分の評判と秤にかけて背に腹は代えられないというだけかもしれない。

　しかしそれでも――稽古をつけるために三日も休んで、時間を作ろうとしてくれている。その姿勢だけで十分だ。

　提案に感謝しつつ、ひとり取り残された非常階段で、とある現実を思い出して頭を抱えた。

（やはりお泊まりは避けられないか……！）

その後、〝夏流〟は体調不良で倒れかけたということで早退し、萌子さんと共に家へ帰った。

すると予想通りというべきか、俺は先ほどまでよりも力を抜いて稽古に参加できた。よく見せたいという相手がいないため逆にリラックスしたようだ。周りも多少ホッとした様子だった。

稽古が終わると、一度粋くんのアパートに戻ってから、言われた通り中目黒にある自分のマンションに向かう。移動中、スマホで「友達の家に泊まる　マナー」を検索して熟読し、緊張と不安で跳ねまわる心臓を押さえつける。

（せっかく粋くんが申し出てくれたんだし、がんばろう――）

たとえ彼が不機嫌で気まずい空気の稽古になるにしても、絶対にここで何とかしなければ。レイモンドのイメージを粋くんと共有し、彼らしいパフォーマンスができるよう死力を尽くさなければ。

（そうしないと俺のせいで粋くんの俳優人生が終わりかねない……）

本人が聞けば「縁起でもない！」と反発必至の悲壮な決意を胸に、ドキドキしながら一階のエントランスでインターホンを鳴らす。

　目指すは四階の角部屋。玄関のドアを開いて迎えた粋くんは、顔色が優れないものの元気そうだった。俺が持ち込んだ、まぁまぁふくらんだエコバッグを怪訝そうに見る。

「何その荷物？」

「稽古の後、鷹山くんのアパートに戻って回収してきた……」

「名前でいいよ。粋で。なにこれ？　え、食材⁉」

　あまりにさりげなく名前を呼ぶ許可をもらい、そんな場合ではないと知りつつもトゥンクと胸が鳴る。まるで友達のようだ。

「冷蔵庫の中に入ってたもの。傷むといけないと思って持ってきた……」

　バッグを渡すと、中を見て彼は顔をしかめた。

「げ、全部残ってんじゃん、もったいない！　食えよ！」

「料理できない」

「あーそんな顔してる。あ、こっちの顔のほうな」

　粋くん――いや、す、粋は、〝夏流〟の顔を指さして言う。

　エコバッグをカウンターキッチンまで運ぶと、彼はそこに中身を出していった。肉や豆腐のパック、野菜類、冷凍庫の中で凍っていた白飯のかたまり等々。

「もやしアウト。きゅうりアウト。使いかけの大根アウト。半額セールで買った肉もアウ……火ぃ通せばギリいけるか？　あとは平気そうだな」

ぽいぽいと手際よく仕分けしていく。おまけにものの十五分ほどで豚バラとホウレン草の炒め物と、ちくわ入りのチャーハンを作ってしまう。尊敬しかない。が、自分の姿で行われているのを見ても違和感しかない。

ダイニングテーブルの上でほかほかと湯気をたてる推しの手料理を前に、スマホであらゆる角度から記念写真を撮りたい欲求を必死に堪えた。

（普通に……！　普通にしないと……！）

ここに来るまでは、推しと向かい合って何事もないかのように食事をするなんて絶対ムリと思っていたものの、実際に目の前にいるのは自分の顔なので意外に冷静さを保つことができた。おまけにどんなダークマターでも感謝しつつ完食しようと心に決めていた手料理が絶品すぎて、感激のあまり涙が出てくる。

「あ、あの、チャーハン美味しい……」

人生で最大級の賛辞を捧げようと思ったのに、シンプルな言葉しか出てこない。まさに語彙を奪ううまさだ。粋は軽く「そうか」と返してきた。

「今まで食べた中で一番美味しい。夢のように美味しい。中華鍋いっぱいいけそう」

無理やり語彙をしぼり出すと、彼は目をしばたたかせる。

「おまえ、冗談言うんだな」

冗談じゃなくて、と真実を伝えようとしたものの、粋が小さく笑っているのを見て言葉を胸にしまう。代わりに気になっていたことを訊ねた。

「その、具合は……？」

「熱はあるけど、それ以外は普通」

「寝ないと下がらないよ」

「さっきちょっと寝た。それに今夜中に、おまえが自主練できるとこまでやらないと」

そう言いながら、やはり食が進まないのか、粋はチャーハンをちびちび口に運んでいる。そしてふとリビングを見やった。

「あれおまえの？」

視線の先にあるのは小型のグランドピアノだ。俺は黙ってうなずく。生まれる前から実家にあったものだが、弾くのは自分だけだったため、独り暮らしを始める時に持ってきた。

「長くやってんの？」

「三歳から」

「三歳!?　すげ。それプロ並みに弾けんじゃないの？」

「まさか。俺くらい弾ける人間なんて無数にいるし」

「へぇ。あそこにギターとバイオリンらしきケースもあるけど……」

「バイオリンは中高生の頃にハマって。ギターを始めたのは最近」

曲を聴いて、いいなと思うと自分で弾いてみたくなる。幸い帰宅部のため時間は無限にあった。よって音楽はずっと主要な特技であり続けた。

説明に、粋は「すごいな！」と感心する。

「そんなにすぐ弾けるもん？」

「耳コピ、わりと得意だから……」

「――……」

そうはいっても趣味レベルだ。まっすぐな賞賛にとまどっていると、しばしの沈黙の後、粋は音を立てて立ち上がった。

「だから言えよ！　そういう特技あるなら！」

「え？」

「おまえ、もしかしたら音で覚えたほうがいいのかも。文字で読むより、リズムや抑揚で覚えるほうが得意って役者はわりといるし」

「セリフはもう覚えてるけど……」

「じゃなくて！」

カバンの中から台本を引っ張り出し、彼は早くも稽古モードに突入する。

「今からオレがやってみせるから。オレのレイモンドをコピれ」

「わ、わかった」

「念のため動画も撮っておけよ」

「撮っていいの!?」

「じゃないと後で見直せないだろ」

何言ってるんだ、と呆れたような反応に小さく何度もうなずく。が、粋の個人稽古の動画といえば、世界でひとつだけの秘宝になりはしないか。プライスレス！　今日は供給が多すぎて感動の海に溺れそうだ。

わたわたとスマホをセットしながら、俺は別の感慨に胸を焦がしていた。

（後でデータのバックアップ取って記録媒体に落として、コピー取って、それからクラウドに永久保存……！）


舞台「ルシア」は、主役のエドガーとルシアが出会い、恋に落ちて関係を育む前半はわりとコミカルに進む。

ふたりの出会いは、ルシアが散歩中に暴れ牛に襲われているところを、偶然通りがかったエドガーが助けたというもの。――が、実はエドガーがそこにいたのは、父親の墓参りにやってきたため。彼女が住む土地と城は、元はエドガーの一族が所有していたものなのだ。しかしルシアの父によってエドガーの父親は殺され、エドガーは子供の頃に土地と城を奪われて追われた。

彼は当初、復讐のためにルシアに近づくが、純真な彼女に愛を教えられ、やがてミイラ取りがミイラになる。そのあたりのエドガーの煩悶が、コミカル要素その一。

一方初恋に浮かれるルシアは、誰かに話を聞いてもらいたくて仕方がない。よってもっとも信頼する家庭教師のレイモンドに、エドガーがどれほど魅力的な青年かを事細かに話して喜びに浸る。同時に、自分に政略結婚をさせようとしている兄にはナイショ、と口止めするのも忘れない。

兄ヘンリーの古くからの友人であるレイモンドは、ルシアが幸せそうであることを喜びつつ、相手が相手であるため秘密にしておくのはマズいと考える。が、ヘンリーに話したが最後、彼が妹の恋を踏みにじるのは想像に難くないため、なかなか言い出せない。

というわけでヘンリーの前で挙動不審になるレイモンドの姿が、コミカル要素その二。

『ルシアの様子が少しおかしい。そう思わないか？　何やら物思いに沈んでいたかと思うと、遠くを見つめて微笑みを浮かべ、ふわふわとした足取りで踊るように歩き出す。このところずっとそうだ。明らかに何かおかしい』

ヘンリーのセリフを言う俺に、粋が応える。

『そっ、そそそ、そうでしょうか!?　私にはそう思えませんが。初恋に浮かれている様子になんて、まったく見えませんとも！　あっ……』

『初恋？　何を言っているのだ。こんな、身分や財に恵まれた男がろくにいない田舎で、妹が恋などするはずがない』

『お……仰る通りでございます。ルシア様が恋をするなどあるはずがないのでありません……』

『どうした!?　おまえも何だかおかしいぞ？　ルシアに加えておまえまで俺を悩ませるつもりか？』

『いえ！　私はまったく！　いつも通りでございます！』

レイモンドの動揺を滑稽に、同時に真剣に表現した後、粋はふっと力を抜いた。

「……って、こんな感じだ。わかるか？」

俺は大きくうなずいた。自分で演じている時とはまるでちがう。

何というか、ちゃんと腑に落ちる。レイモンドという人間が、血肉を持ってそこにいるのを感じる。見る人間に対してそう思わせるリアリティがある。

（この差はなんだ……？）

「やってみろ」

粋に促され、俺はたった今見たものをできる限り忠実に再現した。幸い耳の良さには自信がある。発声や身体の動かし方も、これまでの事務所のレッスンでさんざん特訓してきた。

深呼吸して集中する。

『そっ、そそそ、そうでしょうか⁉　私にはそう思えませんが。初恋に浮かれている様子になんて、まったく見えませんとも！　あっ……』

セリフを聞いた粋が、「おぉ」と声をもらした。

「似てる」

「――……」

(今……今、……褒めてくれた……⁉)

初めて粋から好意的な言葉をもらい、ロケットエンジン並みのエネルギーを得る。この感動だけで成層圏まで到達できそうだ。やる気をみなぎらせつつも、俺はそれを押し殺す。

普通に！　あくまで普通に振る舞うべし‼

粋は台本のページを繰った。

「じゃあ次な――」

まずは粋が手本を見せ、俺がそれを真似する。ひとつの場面のレイモンドのセリフをすべてさらったところ、動作はともかく、セリフだけはかなり似せて言えるようになった。

粋は「よぉぉおし！」と満足そうに身を乗り出してくる。

「形だけは何とかなりそうだ。後はどう中身を込めていくかだけど――」

「中身……」

「おまえはレイモンドがどんな人間だと思う？」

　改めて問われ、台本を読んで自分なりに考えた解釈を話す。

「物語の前半と後半で変わってくるけど……前半では、ヘンリーのことも、ルシアのことも、心から大事にしてる。だからふたりの希望が対立すると、どっちにつけばいいのかわからなくなる。どうにかしなければと思いつつ、何もできなくて右往左往してしまう。そういう意味ではちょっと気の弱い人？」

　俺の中で物語前半のレイモンドは、運を天にまかせて、事態がいい方向に向かっていくことを祈るばかりの事なかれ主義者である。

　しかし粋は首を振った。

「弱いのは気持ちじゃない。立場だ」

「え？」

「設定を見ろ。レイモンドは本来は使用人の息子。でも頭がよかったからヘンリーの遊び相手に取り立てられて勉強の機会を得た。つまりヘンリーとレイモンドは友達である前に主従で、レイモンドの立場は弱い。主人を怒らせたら、その場でクビにされて城を追い出される可能性もある」

「……それでも、子供の頃から一緒に育った兄妹への愛情もあると思う」

「もちろん。愛情と、それに恩があるはずだ。他の使用人のように、低賃金の力仕事でこき使われるような一生を送らずにすんだんだから」
「うん……」
「主人の意志通りに動くのが仕事で、想定外のことを自分で判断するのは苦手だ。今まで
ずっと、そういうのはヘンリーが決めてきた。レイモンドは従うだけだったから」
「……ヘンリーとルシアの命令がぶつかった場合、レイモンドは悩みながらもヘンリーの
命令に従う？　家の中で彼が一番偉いから」
「あぁ。ルシアも大事だけど、レイモンドはどうしたってヘンリーには逆らえない」
「――……」
粋の説明を聞くうち、自分の中のレイモンド像がさらに解像度を増していくのを感じた。
粋の解釈はそれほど詳細だった。レイモンドの性格や考え方のみならず、成長の過程や
環境、人間関係、思想など台本に書かれていないことまで総合的に想像して人物像を構築
している。
（そうか……）
とはいえその人物像が正しいとは限らない。皆と合わせながら少しずつ調整していく。
それが粋にとっての――俺以外の共演者たちにとっての稽古なのだろう。演じることだけ
でいっぱいいっぱいだったこれまでが恥ずかしくなる。
俺は粋が求めるまま演じ、意見を出し、より具体的にレイモンド像を詰めていった。

稽古を始めたのは夜の十時。時間はあっという間に過ぎ、ある瞬間ついに粋が倒れた。

とっさに受け止めると、びっしょりと汗をかいている。おまけに熱い。

「ちょ、熱、ヤバいって……！」

気がつけばすでに午前一時だった。ぐったりした身体をあわてて寝室に運び込み、タオルやら薬やらを持っていく。

「あの、これ洗えてるから、よかったら……」

汗を吸ったTシャツを脱がせ、新しいものを渡す。と、粋は眉を寄せた。

「なんでおまえが、オレの出た舞台のグッズTシャツ持ってんだよ？」

「あ」

（しまった！）

普通に日常使いしているせいで忘れてた。

（なんでってそんなの——目にするたびに舞台＝粋の雄姿を反芻するためです）

という真実は論外として、あなたが出た舞台はすべて観に行ってるからです、くらいは言うべきか。それとも言わざるべきか……。

わからない。せっかくいい感じになったのにまた気まずい空気に戻りたくない。

無表情で言葉に詰まっていると、粋は勝手に納得したようだ。

「あぁ、そうか。あの劇団の主宰者、加瀬さんの知り合いだもんな。加瀬さん観に来てくれてたのか」

「――――……!?」

今なら、自分が王子を助けたのに、別の女の手柄にされた人魚姫の役をやれる気がする。

着替えを終えた粋は、市販の解熱鎮痛剤を飲んで横になる。しんどそうだ。

俺は申し訳ない気分と、感謝とを込めて言った。

「稽古ありがとう。勉強になった」

だが粋の答えはない。もう寝てしまったのかもしれない。洗い物を集めてタオルの中にまとめ、ベッドから離れようとした時――ふいに粋が口を開いた。

「おまえに足りないのは関心だ」

「え?」

「おまえ人に興味ないだろ?　もっと人と関わって、いろんな感情を仕入れろ。あと観察しろ。表情、仕草、癖。どんな些細な情報も、オレらには表現の材料になる」

「――――……」

なにげない言葉に深々と急所を貫(つらぬ)かれる。確かに粋以外の人には、さほど興味がない。

(俺にはコミュ力がないから……)

いやそうじゃない。そこで終わらせてはいけない。

どうしてそうなったのかと問われれば、生来の気質に加えて、幼少期にいまいち家族に縁のなかった環境のせいだ。

物心ついた頃、両親の仲はすでに破綻していた。仕事の忙しい母は、人見知りが激しく保育施設に預けるのが難しい息子を、唯一懐いていた弟の藤吾に託した。中高生だった藤吾はバイト代目当てに引き受け、姉の家に来ては甥を膝に乗せて演劇部の脚本作りに勤しんだ。

しかし大学に進学し、ますます演劇にのめり込んだ藤吾は、姉の家から足が遠のいた。一方で小学生になった俺は人見知りを悪化させた。

原因は当時、母親が雇っていた家政婦である。子供嫌いの家政婦は、大人のいるところでは礼儀正しいものの、俺とふたりきりになると「しっ、しっ」と手を振り、「こっちに来ないで」と口にする人だった。それはある日、彼女が母の引き出しを勝手に開け、現金の入った封筒から紙幣を数枚ポケットに忍ばせたのを見てしまった時からエスカレートした。

彼女は子供にタオルを投げつけてソファに押しつけ、「言ったらただじゃおかない」と乱暴な言葉で恫喝してきた。それから数ヶ月、怪我をしない程度に暴力を振るっては威圧してきた。恫喝が怖ろしく、俺は母にそれを伝えることができなかった。

異変に気づいたのは藤吾だ。久しぶりに訪ねてきた彼は、家政婦の芝居をあっさり見破り、俺を家から連れ出して真相を聞き出し、姉に伝えて家政婦を解雇した。

しかし一連の出来事は、幼心に深い傷を残した。

加えて昔から目立つ顔をしていたため、通学中などに知らない大人に声をかけられ、どこかへ引っ張り込まれそうになったことも一度や二度ではない。

見知らぬ人間が——特に大人が怖い。誰に対しても心を閉ざし、自分の内に閉じこもってしまう。学校でも孤立しがち。

そんな甥っ子を、藤吾は時々自分の劇団の稽古場に連れて行った。劇団の人たちはユニークで寛容で優しく、俺はそこで大人への恐怖心を少しずつ払拭していった。ただ人見知りだけはどうしても治らず、ひとりでいるのが楽という結論に落ち着いてしまいがちだった。

ひとりでいたいわけじゃない。ただ自分の脆弱な心を守るために、それが非常に有効だというだけだ。よって人と距離を置かざるを得なかった。友達同士で楽しそうにする同級生たちを、手の届かないガラス越しの景色のように眺めていた。

(近づけないから、興味なんか持たないようにしてきた……)

藤吾からもらったタダ券で観に行った公演で、同じ年頃の少年を見たのは、その頃。

大人の中でも堂々と自分の芝居を演じ、一歩も引かない少年との邂逅は、対人コンプレックスの沼でもがき続ける自分にとって一条の光となった。

どうすれば粋のようになれるのだろう? そんな思いを抱えて彼の舞台に通い続けた。

俺にとって粋は、まさに「こうありたい」という自分を体現する存在だった。

（粋は人に興味がある。だから人と関わる能力が高い。どうすればそうなれる？　考えろ――）

入れ替わる前に目にした、共演者と一緒にいる時の粋の姿を思い浮かべる。笑顔。ざっくばらんな会話。時々ふざけ合って。そつがないと言う人もいるかもしれない。けれどちがう。粋は計算だけで皆と親しくしているわけではない。

（……みんなを好きだから？）

ふと思いついた答えは、なかなか的を射ているように思えた。

人が好きだから自然に興味を持つ。知ろうとする。観察し、関わろうとする――。

そうやって得た様々な人間のデータをそのまま演技に活かしている。だから登場人物の表現が細部まで具体的になる。

（なるほど……！）

ようやく得た答えに得心した。俺もみんなを好きになって、関心を持って、積極的に関わろうとすれば、もっと演技がうまくなるのだろうか？　人に好かれるだろうか？

（粋にも……？）

今の粋の「好き」の中に自分は入っていない。こうして俺に指導をするのは、あくまで〝粋〟の芝居の評価をこれ以上下げたくないというだけだろう。

だがそれでも、大事なことに気づかせてくれた。

「ありがとう」

しばらくの後、だいぶタイミングを逸してから発した礼に返事はなかった。

相手が聞いていないことを承知でつぶやく。

「俺は粋のこと尊敬してるから。覚えといて」

第五幕

朝、顔を洗って簡単なストレッチをした後、キッチンに向かった。冷蔵庫から取り出した水を飲みながらキッチンを出て、玄関脇の壁にある姿見が目に入ったとたんにイラッとする。

ぼさぼさ頭で、首にタオルを引っかけてペットボトルの水を飲むだけの姿がＣＭのように絵になる。

（ほんと何なん、こいつ……！）

結局、寝室はオレがそのまま使い、夏流は書斎にソファベッドを移動させて泊まり込んでいる。それぞれひと部屋ずつ使うという話になった時、夏流はすまなそうにそう言った。

「寝室にはパソコンとかテレビとか置いてないんだけど……」

「いらねぇよ。スマホあるし。そもそもこの寝室だけでオレのアパートの部屋（キッチン、バストイレ込み）より広いんだぞ。どうしてくれる」

「あ、ていうか、テレビはないけど、プロジェクターがあるから、それでよければ使って」

「は⁉」

彼がクローゼットの奥から引っ張り出してきた機器にスマホを接続すれば、サブスクのコンテンツを天井や壁に投影させて大画面で見られるらしい。

（お坊ちゃんめ‼）

少しは収まっていた夏流への反感が危うく噴火するところだった。

（まぁでも……なんだ。思ってたほどヤなやつじゃなかった……けど……）

苦い思いと共に、粋(すい)は鏡の中の〝夏流〟の顔を見つめる。

稽古(けいこ)のためとはいえ、ここに招いた時には、彼が花音(かのん)の自殺に関わっているかもしれないという疑いを若干(じゃっかん)捨てきれずにいた。

何しろ彼女の自殺前夜に見た奇妙な夢の件がある。夏流が青ざめた顔で花音の名を呼び、タクシーを拾って、倒れた花音をどこかへ運ぼうとしていた。あれはいったい何だったのか。ずっと意識の片隅(すみ)に引っかかっていた。

が、一緒に暮らして二日たった今、あれはただの夢だったと考えている。

二日間、夏流は舞台稽古からまっすぐここに戻り、その後さらにオレとの自主稽古に励んだ。結果、あいつの人柄について、今までの決めつけと思い込みをすべて白紙に戻さなければならなかった。

常々鼻持ちならないと感じていた態度は、実は単にとんでもなく口下手(べた)で言葉足らずなだけ。また夏流は緊張すると、異様に顔つきが怖くなる。そのせいで尊大に見えてしまうようだ。

それは〝粋〟の身体(からだ)になっても変わらなかった。とはいえ、さほど目立たない〝粋〟の顔は〝夏流〟の顔ほど人に威圧感を与えないが。

素の夏流はとことんマジメで、けっこう負けず嫌いで、こうと決めたら努力を惜しまない。加えて、熱を出して寝込むオレへの見舞いに毎日プリンを持って帰ってくる。「風邪をひいたらプリン」と大まじめな顔で言いながら。

つまりはオレが思っていたような人間ではなかった。あいつに反発する気持ちが作り出した思い込みに囚（とら）われていた。――その事実を深い反省と共に受け入れる。

そもそも花音と夏流が会ったのは「ルシア」の制作発表が初めてなわけだし、やっぱりふたりの間に何かあったとは考えにくい。

（このところ奇妙な夢、けっこう見るし……）

あいつがここに来た日の夜も、何やらおかしな夢を見た。

『俺は粋のこと尊敬してるから。覚えといて』

熱にうなされていた時、そんな夏流の声が聞こえた。だがしかし。

今もっとも注目されていて、人気沸騰（ふっとう）中で、飛ぶ鳥を落とす勢いで活躍している売れっ子俳優が、オレを尊敬しているなどということがあるだろうか？

（ないないない！　あるはずない！）

常識的に考えて夢にちがいない。だがまぁ気分のいい夢ではある。

（現実は夢とはほど遠いからさ……）

赤ん坊の頃にCMデビューして以来、オレはいわゆる「子役の壁」にぶつかって仕事が途絶えても、この世界にとどまった。

稽古を続け、オーディションを受けまくり、子役時代のコネッテ人脈をたどって仕事を求めた。どんな形でもいい。どんな端役でも。熱意は伝わり、映像や舞台、様々な場での仕事に細々ながら恵まれ続けた。

大成功はしていないものの、芝居で食べているのだから充分成功の内に入る。上を見ればきりがない。他人と比べても仕方がない。そう自分に言い聞かせてきた。だが気がつけば考えている。

自分が夏流みたいな顔だったら、もっと人気が出ただろうに。

夏流みたいに有名な親戚がいれば、力のある事務所に所属していれば、もっと大きな仕事が来るだろうに。

夏流みたいに。

（よせ！）

埒（らち）もない物思いを強制的にシャットダウンする。

ふと時計を見て、オレは書斎のドアをガンガンと手加減なくノックした。

「十時だぞ。起きろ！　稽古前に取材あるんだろ！」

昨夜も遅くまで――というか今朝方まで家での自主稽古を続けていたため、この時間の起床である。今日は舞台の取材があり、入りが早かったはずだ。

ノックし続けていると、やがて夏流がのっそりと顔を出した。

「……おはよ」

眠そうな顔で洗面所に向かう自分の姿を見送り、オレは立派すぎるキッチンに立って手早くトースターにふたり分のパンを放り込み、フライパンにベーコンと卵を落とした後、サラダを作る。

やれと言われたわけではないが、家賃代わりと思えば安いものだ。

できたものをテーブルに並べ、テレビをつけたところ、午前中の情報番組が流れていた。コーナーが変わったとたん、〝夏流〟の顔が大写しになり、思わずリモコンを落としそうになる。

顔を洗った夏流がテーブルにやってきて、ぱっと顔を輝かせた。

「俺、これ覚えがない。もしかして粋が受けたやつ？」

「あ、あぁ……。たぶん休み取る直前にやった取材――」

舞台について、高級ホテルの一室で一時間ほど取材を受けた。画面の中で夏流は、あるかなしかの微笑(ほほえ)みを浮かべ、ほぼ無表情でカメラをまっすぐ見据えている。目力の強さが見る者に強い印象を与える。

表情から話し方まで、我ながら〝夏流〟にそっくりだ。だが込める感情がまちがっていたことに、今になって気づいた。

（いつもの顔が、ただ緊張しているせいだなんて思わなかったから、変な先入観を持った……）


テレビ画面のなかの〝夏流〟の顔を複雑な気分で見守る。

それでなくとも夏流の存在は、最初からなぜかオレの神経を逆なでしてきた。

あらゆるものに恵まれていて、鼻持ちならない勘ちがい野郎。とはいえ普段ならそういう人間とも表面上はうまくやれていたはずだ。だが夏流に対しては、反発する気持ちをどうしても抑えられなかった。ごまかせないほどはっきりと表に出してしまった。

そこまで嫌っていたのかと自分の心に問えば、大変認めがたいセンシティブな答えが返ってくる。

（ようは、オレは夏流みたいになりたかった――）

オレはここにいるぞと舞台の中心で叫ばなくても、世間が気づいてくれる。認めてくれる。おまけに好かれる。

（なんてうらやましい!!）

反発の根源は、結局それなのだ。

自分を見つけてほしい――子供の頃から、そんな強い渇望がある。

自分という役者がいることを多くの人に知ってほしい。自分の演技を見て、評価してほしい。それだけだ。そのために生きている。

しかしこれまでのところ、世間は驚くほどオレに興味がなかった。

こんなにも長いこと業界にいるというのに、ほとんど名前が知られていない。それもそのはず。世の中には星の数ほどの役者がいるのだ。有名になり、売れるのは、その中のごくひと握り。

このまま埋もれていくのか。誰にも気づかれないまま業界の片隅で努力を続け、やがてひっそりと舞台を降り、人から完全に忘れられてしまうのか。

いつもふとした瞬間に、そんな不安に襲われる――。

その時、トーストをかじりながらテレビを見ていた夏流が声を上げた。

「……コロッケ食べたい。今日、あれ買って帰ってくる」

番組はすでに話題の食べ物コーナーに変わっていた。行列のできるコロッケ屋の紹介をしている。

『中はホクホク、外はサクサク！』という宣伝文句に、オレは鼻を鳴らした。

「稽古が終わった頃にはとっくに売り切れてるよ。てかオレ、作れるけど」

「じゃあ誰かに頼んで買ってきてもらう？」

「事務所のスタッフをしょうもない雑用に使えるかよ。オレ、コロッケ作れるけど！」

「でもまだ熱あるし、ちゃんと休んでないと。買ったほうが楽じゃん？」

「タネだけ作って冷蔵庫で冷やしておけば、後はゆっくりできるし。オレ作れるけど、買ったコロッケのほうがいいんだな？」

「それなら手作りのほうが……」

「だよな！」

言わせた感がなきにしもあらずだったが、オレは満足してうなずいた。

（大丈夫。うまくやってる。……入れ替わりが解決するまで、きっとうまくやれる）

夏流には決して明かさない本音を自分の中に封じ込む。

うらやましい。妬ましい。そして――まぶしい。今も鏡に映る顔を見るたび、ほの暗くやるせない感情がどうしても湧いてきてしまう。

（人と比べても仕方がない）

そう言いながら、どうしても比べてしまう。自分が意識しまくっているだけで、夏流はオレのことなんか歯牙にもかけていないのがわかっているから。だから夏流が嫌なやつではないという事実を、非常に苦い思いと共に認めた。

むしろ嫌なやつであってほしかった。あらゆるものに恵まれていて、さらにマジメな努力家などという完璧な人間でなければよかった。そうすれば心置きなくあいつを嫌えたのに。

調子に乗った大根役者と見下し、自分のプライドを少しだけ満足させることができただろうに。

（嫌なやつだな）

オレのほうが明らかにひどい人間だ。

(あぁ、でもこれ使えるかも……?)

レイモンドは——ルシアの家庭教師の青年は、やがて彼女への想いを自覚し、エドガーに敵意を持つ。それはきっとこの感情ゆえだ。

彼女と同じ階級に生まれ、会ったばかりだというのに彼女に愛され、彼女のために敵との和解を決意するほど公正な性格で、フランスへ行って見事ひと財産を築くほど才覚に恵まれている。そんなエドガーのことが、レイモンドは妬ましくてたまらないはず。

(これだ。——見つけた!)

新たな発見に、腹の底から歓喜が湧き上がる。気がつけば勢いよく立ち上がっていた。

夏流が不思議そうにこちらを見る。一瞬前までの陰鬱(いんうつ)な物思いも忘れて、オレは意気揚々(ようよう)と口を開く。

「レイモンドのことなんだけど、こんな解釈もありかも——」

※

翌日。完全に体調が復活したオレは、稽古に復帰すべく家を出た。

「行くぞ」

「待って。ゴミが……」

運び出そうとしていたゴミ袋がぬれていることに気づいた夏流が、急いで上からもう一枚重ねる。

ちなみに高級マンションのゴミ出しは楽である。収集日というものはなく、毎日好きな時間に各階にあるゴミ捨て場に持っていくだけ。

オレは苦言を呈さずにいられなかった。

「少し苦労ってものを知ったほうがいいぞ。収集日を逃すと捨てられなくて部屋の中に溜まっていく、あの絶望を知らずして庶民の芝居ができると思うな」

「じゃあ庶民の役をやる時は、粋の家に体験学習に行く」

「おまえ……！」

同居を始めて三日も経つと遠慮もほぼなくなってくる。初めの頃は緊張して言葉少なだった夏流も、今ではけっこう言うようになった。

送迎の車の中で、萌子さんの耳を気にしながらの会話にも慣れてくる。彼女は〝夏流〟に、泊まり込みで共に稽古する友達ができたことを喜んでいた。

「現在、夏流くんのファンクラブの会員数を増やすために、会員向けの配信を定期的にやれたらな～って思ってるんです。十分か二十分くらいでいいんですけど、粋くんよかったらMCやりませんか？」

現在〝粋〟の中にいる夏流が、とまどいがちに応じる。

「……俺が？」

「だって夏流くんひとりだとトークが続かない……ゴホン、相手がいたほうが盛り上がると思うんです！」

夏流が物言いたげに目をうるうるさせてこちらを見る。困っているのか、それとも嫌なのか。後者の場合、泣くほど嫌なのはオレとやることか、それとも配信の企画そのものか。

（さすがにわからん）

「……『ルシア』が終わってから考えればいいんじゃない？」

〝夏流〟の中にいる粋の言葉に、萌子さんは「はーい」と引きさがり、夏流は心なしかしょんぼりしていた。

（え？　何なの？　やりたかったの？）


「一緒に配信、やりたい」

目的地の建物に着いてエレベーターに乗り込み、ふたりになった瞬間、おもむろに夏流が口を開く。オレは稽古場のある地下階のボタンを押しながら返した。

「だったらもっとやりたそうな顔しろよ！　わかんないから保留にしちゃっただろ。あーでも……」

頭の中ですばやく計算する。十分か二十分くらいの配信ということは、おそらくギャラのない友情出演だろう。もちろんこっちとしても名前を売るいい機会なので文句はないが。

「オレ、普段はバイトと稽古と仕事でけっこうきつきつだから……」

やれる時間が限られてくる、と言うつもりだった。しかし早合点した夏流は反射的に財布を手に取る。

「出演料も俺が払うし」

「いやそっちの財布からじゃないだろ!?　何のコントだよ！」

〝粋〟の財布を出してくる夏流に盛大にツッコミを入れる。

「それに事務所がやることについては、何であれ事務所を通さないとトラブルの元。わかるな？」

先輩面(づら)で言い聞かせると、夏流はうなずきつつも上目づかいで返してくる。

「でも俺……粋のバイトも休んだままだし、気になってて……」

「あぁ……」

確かに、ただでさえ「ルシア」の稽古中はバイトを減らしている。その最低限の収入がないと色々つらい。そこに気づくとはボンボンにしては立派だ。

その感心は、直後に粉砕された。

「それに粋の家から自分のマンションに移動した時にタクシー使ったから、それも気になってて……」

「は!?　電車でも三十分かからない距離なのに？」

「車だと十分で着くし……」

「金銭感覚……！」

うめいた後、オレはカバンから〝夏流〟の財布を取り出した。

「とりあえずそれは払ってもらおう」

住所でタクシー料金を検索したところ三千円と出た。よって見るからに高そうなブランド物の財布から拉致（らち）した英世（ひでよ）三名を、ユニ●ロで買った合成皮革製の〝粋〟の財布の中にねじ込む。

「バイト代については後で考える」

地下階に着いたエレベーターから降りながらそんなやり取りをしていると、突然大きな声が響いた。

「夏流くん!?」

たまたまエレベーターの近くにいた光之介が、挨拶がわりにエグい冗談を飛ばしてくる。

「えっ、なに粋くん、ちょっと！　夏流くんからカツアゲっていうなら、後輩として口をはさまないわけにいかないんですけど！」

大声で人聞きの悪いことを言った後、光之介は隣にいる初音に「ねぇ？」と猫なで声で同意を求める。そういやこいつ、花音のガチ恋勢だったんだっけか。同じ顔をした弟にもすり寄っているようだ。

ユニセックスなラベンダー色のＴシャツを着こなした初音は、さして興味なさそうに微笑んだ。

「いや、さすが粋としか。こう見えても粋は子供の頃シリアルのＣＭに出た時、『今後のインタビューで毎朝このシリアル食べてますって言いたいんでシリアルください』って担当者に迫って、半年分のシリアルを巻き上げた古の猛者だから」

「その過去はけっこうかわいい……うぅっ」

芝居を忘れて口走りかけた夏流の足を、オレはあわてて踏みしめる。ひそかなやり取りには気づかなかったようで、光之介は初音に言い返した。

「夏流くんなんか女性化粧品のＣＭに出た時、何も言わなくても担当者から『ぜひ使ってください』って化粧品を山のように貢がれた真のイケメン王者なんで。格がちがうんで！」

「うっざ。できた後輩アピールうっざ！」

うっとうしそうに初音に言われ、光之介はあわてて〝夏流〟に向き直る。

「いえ、アピールとかじゃなくて！　本心からのリスペクトの発露ですから！」

「えー、でも男から絶賛リスペクトされてもビミョーっていうかぁ～」

初音が投げやりに返す。それを聞いた夏流が、突然「え？」ときょどってオレを見上げてくる。

「あの……別に、変な意味はないかも？　ただ普通にリスペクトってだけだと思う……」

「なんで急にかばってんの？」

首を傾げるオレの視線の先で、光之介が手で顔を覆って嘆く。

「花音の顔で罵倒されんの、ツラッ……。でも一周まわってクセになる……、もっと罵って……」

「きっも！」

顔をしかめて言い放った初音に、稽古場から顔をのぞかせて見ていた佳史が、太い黒ぶちメガネのブリッジを押し上げて苦笑する。

「初音くん、かわいい顔してけっこう抉ってくるよね」

始まったばかりの頃、ややギクシャクしていた現場は、オレがいない間にだいぶ打ち解けて仲が深まったようだ。いい雰囲気にホッとする。

初音もいちおう元気そうだ。たとえそれっぽく振る舞っているだけにせよ。

本当は何も言わず、初音の肩をたたきたい。傍にいるという気持ちを伝えたい。しかし〝夏流〟の身ではそれもできない。

〝粋〟は初音の傍に寄ろうともせず、荷物を置いてから軽く柔軟体操を始めていた。

オレにとっては久しぶりの稽古場とはいえ心配はなかった。事前に夏流から、家での集中個人稽古が功を奏して、皆と肩を並べた稽古ができていると聞いていたためだ。

実際、主役である〝夏流〟が戻った稽古場は、ようやく本来あるべき形になっていった。夏流も〝粋〟の演技としてはまだ物足りないものの、何とか周りと歩調を合わせている。

自主稽古をしていても感じたが、飲み込みは悪くない。皆の芝居に扱かれるうち急速に上達したのだろう。加えて。

（思った通り耳がいい……）

そのためセリフの些細な抑揚や、リズムのちがいを聞き分けることができる。加瀬さんの言いたいことをすぐに理解する。役者としては得な素質だ。

オレはといえば、逆に「主役を張るにはやや力不足であるものの、毎日努力して少しずつうまくなっていく夏流」を演じるのを楽しんだ。

午後八時頃になって、ひと通りの稽古が終わり、各々撤収の準備にかかる。そのタイミングで萌子さんが姿を見せた。てっきり迎えかと思いきや、それだけではなさそうだ。

彼女はバッグからスマホを取り出して言った。

「インスタに載せるための稽古場写真を撮りに来ました！　映っても大丈夫な方、一緒にお願いしまーす！」

後半は周りにいる共演者たちに向けてのものだ。実のところ無口不愛想な〝夏流〟と共演者たちはさほど親しくないが、そこはそれ。基本フレンドリーで目立つのが好きな役者たちである。セリフのないアンサンブルの人たちも含めて集まってくる。

その前に、とオレは稽古で汗だくになったシャツを脱ぎ、急いで新しいものに着替えた。そして同じように近くで着替えていた夏流に声をかける。

「粋も一緒に――」

途中で言葉が途切れたのは、意外なものが目に入ったせいだ。同じことに気づいた共演者たちが「あ」と声を上げた。

黒地にライトブルーのロゴが入ったシンプルなデザイン。

そう。なんと夏流が着ているTシャツは、たった今オレが着替えたTシャツとまったく同じものだったのだ。

「え、なに、このためにTシャツそろえたんッスか？」

「偶然！」

「たまたま」

光之介の問いに、一蹴（いっしゅう）するオレの声と、なぜか誇らしげな夏流の声がハモる。

初音が目ざとく指摘してきた。

「しかもそのTシャツ、何年か前に粋が出演したイベントのグッズじゃん。けっこうレアだよ」

（ホントだよ！　見つけて思わずカバンに入れたオレもオレだけど！　よく考えたらなんで夏流（こいつ）が持ってんだよ!?）

イベントには他にも大勢のタレントが出演していたため、その関係かもしれない。だが何も同じ日に持ってこなくてもよさそうなものを！

ちなみにサイズが異なるため、オレは夏流の服を、夏流はオレの服をお互い勝手に着ている。今日かぶったのは本当にただの偶然だ。

萌子さんはすかさずふたり並べて写真に撮った。

「いい！　映（ば）えるネタをありがとうございます！」

ちなみにオレはいつもの〝夏流〟っぽく、カメラを向けられたからといって特に表情を変えたりしない。むしろ今日は心からの仏頂面である。

同じものを着てふたり並ぶとわかる。稽古場の壁に貼られた大きな鏡にはっきりと映っている。十五センチ近い身長差。そのわりに顔のサイズは粋のほうが大きめだったり、座高はさほど変わらなかったり。スタイルの差が余すことなく目に入る。

眉根を寄せ、くちびるを引き結ぶオレの横で、夏流は〝粋〟らしくしようと意識しているようだ。たぶん。

撮影を眺めていた佳史がくすりと笑った。

「粋くん、めっちゃうれしそう。にこにこしてる」


その後、萌子さんは夏流と他の共演者との写真も何枚か撮って、制作のチェックを受けた後で早速インスタにアップを始める。

そんな中、思いがけない出来事が起こった。

一部のスタッフがスマホを持ってひそひそ話を始め、ちらちらとオレに目を向けてくる。

（なんだ……？）

ちょうどその時、萌子さんのスマホに着信があり、彼女は電話に出ながら廊下に向かった。その間にも、稽古場全体が奇妙な空気に包まれるのを感じた。それも原因は〝夏流〟のようだ。

「……なに？」

言葉少なに問うと、近くにいたスタッフが言いにくそうに返してくる。

「SNSの、トレンドが……」

すぐにスマホで確認したところ、トレンドに「花音妊娠」と「香乃夏流」のふたつが上下に並んでいた。

（え？）

ひとまず「花音妊娠」をタップすると、明日発売という週刊誌の宣伝ポストが表示される。花音は妊娠していた。自殺の原因はそれか？　という内容である。

次いで「香乃夏流」のほうをタップすると、引用リポストだった。

『香乃夏流、詰んだな』

その下にある元のポストをタップして目を通し、うめく。

『病院の関係者です。花音の自殺と関係があるかもしれないので言います。あの夜、花音を病院に連れてきたのは香乃夏流でした。目深に帽子かぶってたけど、背が高くて目立ってたので気づきました。顔も見ました。まちがいないです』

『警察が全然捜査してないみたいなので黙っていられなくなりました。自殺ってだけで終わらせないで、ちゃんと調べてほしい。花音が何に苦しんでいたのか明らかにしてほしい』

「――……」

上下に並んだふたつのポストを見て茫然とする。

（え、待って。なに。どういうこと？）

すでに二万もリポストされていた。こうして見ている間にもどんどん数字が増えていく。

（花音を病院へ連れて行ったのは夏流……？）

混乱するオレの脳裏に、花音が自殺した夜に見た夢がよみがえる。あれは正夢だったのか？　死んだ花音が、何かを伝えようとしていたとでもいうのか……？

凍りつくオレの前に、真っ青になった初音が進み出てきた。

「おい、どういうことか説明してもらえんだろうな？」

人形めいた顔に似合わない、凄（すご）みのある声で迫ってくる。思わず夏流のほうを振り向こうとした自分を、意志の力で止める。

（落ち着け。夏流はオレ。今、皆の前で夏流なのはオレ――）

ひそかにゆっくり深呼吸をする。気がつけば稽古場中の人間がこちらを見ていた。

（考えろ。こういう時、夏流ならどうする？）

答えは一瞬で出た。器用に弁解できる性格ではない。敵前逃亡一択だ。

オレは荷物をひっつかむと、脱兎（だっと）のごとく逃げ出す。

後ろで初音の怒声が響いた。夏流が〝粋〟として押しとどめる声も。

「おい!!　待てよ!!」

「俺が話を聞いてくるから！　待ってて！」

（そもそもおまえのせいだ！）

感謝と怒りを同時に抱えつつ、オレは体当たりする勢いで非常階段の扉を開けて、階段を一気に駆け上がった。

走って地上に出ると、オレは追ってきた夏流に迫る。相手は小さくうなずいた。

「あのツイート、本当なのか⁉」

「……本当」

「おまえ……！」

いきり立つオレを夏流は両手で制止する。

「待って、まず帰ったほうが……っ」

「そりゃそうだけど！」

萌子さんがいると話せない。目線でそう確認し合い、オレはマスクとパーカーのフードで顔を隠した。その間に夏流がタクシーを拾う。

何とか人目につかずにマンションまで戻り、部屋に入ったところで、ふたりして玄関でくずおれた。

マスクを外したオレは、各方面から電話がかかってくるため電源を切ったスマホをにぎりしめて問う。

「で？　あの夜、おまえが花音を病院に運んだんだな？」

夏流はうなずいた。

「なんで？　まさかおまえ、花音の妊娠や自殺にも関わってるとか言わないよな？」

「ちがう！」

そこは大きな声で応じ、もそもそと付け加える。

「そう疑われると思って……言えなかっただけ……」

説明によるとこうだ。

あの日――「ルシア」の顔合わせと台本読みがあった日の夜十時頃。

夏流は舞台のことで相談があり、花音に電話をした。すると彼女は、「いま公園にいる。会って話したい」と夏流を呼び出した。仕事を終えた十一時頃、言われた通り公園に向かい、彼女と会った。しかし話をしている途中、急に倒れたため、あわててタクシーを呼んで病院に運んだ。廊下で待っていると、処置室の中から「倒れたのはおそらく妊娠していたから」という医師の声が聞こえてきたので、驚くと共に、誤解されるのが怖くなってそのまま逃げた。

「逃げたって……」

やや非難めいたつぶやきに、夏流は肩を落として応じる。

「俺が美園さんとふたりで会ったのは、あの日だけ。俺は何も知らない。……でも、そう言ったって信じてもらえるかどうか、わからないから……」

「まぁ……そうかもな」

「おまけに翌朝、美園さんが亡くなったって聞いて、余計に言えなくなって……」

「……とりあえずわかった」

　夏流が口にした都心の高台にある小さな公園は、実際花音のお気に入りスポットで、仕事で疲れてひとりになりたい時などにたびたび足を運んでいた場所だ。話におかしな点はない。

　オレはすぐ初音に電話をかけた。スピーカーホンにして、まずはオレが〝夏流〟として事情を説明した後、稽古場ではパニックになってしまい逃げたと謝り、さらに誤解されるのを恐れて初音に本当のことを話さなかった点についても謝罪する。

　長い説明の間黙って聞いていた初音は、全部を聞いた後、『話してくれてありがとう』とぽつりと返してきた。横にいた夏流が〝粋〟として「大丈夫か？」と声をかけると、静かに嗚咽をもらし始める。

『ボク……花音には恋愛厳禁だって、ずっと言い聞かせてた。アイドルやってる間は隙を見せるなって、けっこうきつく言ってた。花音に……子供作るほど好きな相手がいるなんて、全然知らなかった……っ』

「――……」

いつもは決して弱音を吐かない初音の告白に胸が痛む。

初音と花音は、子供の頃に事故で両親をなくした。よって互いが唯一の家族である。

ふたりともその事故をきっかけに子役の仕事を辞めたものの、親戚の家を転々とするうちに自立したいという思いがふくらみ、中学卒業と同時にアイドルを始めた。ふたりでがんばれば、どちらかは成功するだろうと考えてのことだ。しかし蓋を開けてみればどちらも成功して人気を博した。

ふたりは晴れて親戚の家を出て、それぞれひとり暮らしをしていた。オレは双子のそんな道のりをずっと傍で見てきた。

『恋愛禁止なんて言わなきゃよかった……。そうしたら花音、ボクに相談してくれてたかな……っ』

嗚咽に掠れる初音の声が胸に刺さる。

オレはあらかじめ用意していたノートにセリフを書いた。夏流が〝粋〟の声で読み上げる。

「花音はおまえを大事にしてた。いつも、おまえのことを一番に考えてた。たぶん今もそうだよ」

初音は声を上げて泣いた。ひとしきり泣いた後、やがて気まずそうに『……ごめん』とつぶやく。

オレは再びノートにセリフを書き、夏流が読み上げた。

「葬儀で盗まれた花音のスマホ、まだ見つからないの？」

『あぁ、警察にも届けたけど、まだ。でもひとり気になる男がいて……』

初音は鼻声で言う。

『花音のPCのクラウドの中に、オレの知らない男とのツーショット写真がたくさんあって、どうもスマホで撮ったものがそのまま保管されてたみたいなんだけど。――花音のカレシって、その男かもしれないと思ってて』

「――……」

オレの目配せを受けて夏流が問う。

「誰？」

『わかんない。花音のマネージャーにも訊いたけど、知らないって』

（マジか――）

初音が知らない男なら、おそらくオレもわからないはずだ。ツーショット写真をたくさん撮る特定の男なんて心当たりがない。

『花音のいたグループって、ビジネス仲間っていうか、仕事場では意識してメチャクチャ仲良くするけど、プライベートはお互いあんまり関わらないらしいんだわ』

（あぁ……）

別にめずらしいことではない。芸能人同士ではありがちな関係だ。

『でもひとりだけ、時々花音から名前を聞いてた子がいて。ルリっていうんだけど。間宮ルリ。その子は本当に花音と親しかったらしいんだ』

ハッとして、オレはまたノートにボールペンを走らせる。夏流が声に出して読んだ。

「俺もその名前、花音から何度か聞いたことある」

『だろ？　だからその子なら写真の男を知ってるんじゃないかと思って。で、訊きに行きたいんだけど……でもボク、ムリじゃん？』

初音は花音の代わりに急きょ舞台に立つことが決まった。

舞台経験があるといっても子役時代の話で、遠ざかって久しかったため、感覚を取り戻すのが簡単ではないようだ。それも女性の役であるため、動き方から直さなければならない。加えて「ルシア」のヒロインには、終盤に大きな見せ場がある。そこがどうしてもうまくできないとかで、連日加瀬さんに居残りで扱かれていた。そうでなくても、初音にはアイドルとしての仕事もある。

「――――」

ノートにセリフを書こうとした時、夏流が口を開いた。

「俺が行けばいいんだな？」

『そうしてくれたら助かる！　頼んでいい？』

声を弾ませての初音の問いを受け、夏流とアイコンタクトを取る。ふたりでうなずき、夏流が言った。

「もちろん。まかせろ」

『じゃあ後で画像送るから』

「わかった」

『ところでさ……』

話に一区切りつくと、初音はしごく不思議そうに訊ねてくる。

『なんで粋、ナチュラルに香乃夏流と一緒にいんの？　いつのまにそんな仲良くなったの？』

※

「おまえ、すげーオレっぽくなってきてるな！」

初音との電話でも、最後のほうはノートにセリフを書かなくてもよくなっていた。

「何日も一緒にいるし……」

控えめに答えてから、夏流は困ったようにこちらを見る。

「そっちこそ、頼むから見つからないで」

うだるような真夏日になった今日、夏流と共に日比谷公園に向かった。間宮ルリに会いに行く夏流にオレも同行するのだ。

はじめ、夏流は渋った。〝夏流〟はどうしても目立つ。ただでさえ花音を病院に送ったことでひと騒動あったばかりである。

結局、SNSでの暴露に対し、夏流の事務所は「あの日は顔合わせの後に皆で飲みに行き、たまたま帰るタイミングと方向が重なった夏流と花音が同じタクシーに乗ったところ、彼女の体調に異変があったため急きょ病院へ付き添っただけ。共演者として以上の付き合いはない」で押し通した。かなり苦しい。

そんな中、もし日比谷でアイドルと会っているなどとSNSに書かれては、いくらなんでもプロ意識がないと言われてしまう。

めずらしく頑固に同行を拒み続ける夏流に、「そこを何とか」と必死に頼み込んだ。

花音は前夜にオレに何度も電話をよこしていた。あれが何だったのか知りたい。いや、知らなければならない。そう言って引かないオレに、結局夏流が折れた。

ルリと対面するのは夏流ひとり。しかしスマホをいじるふりで常に通話状態にしておく。オレは変装して少し離れたところに隠れ、ふたりの会話を聞きつつ様子を見守るだけ。絶対に見つからないようにする——等々の条件で同行を受け入れてくれた。

待ち合わせは稽古前の午前中。場所は公園に面したオープンスペースのカフェ。

オレはその席が見える物陰に身を潜めて待った。二十分ほど経ってやってきたのは、黒っぽいロリータファッションに身を包んだ女だった。

花音が所属していた「乙女ろまん部」は、大正時代のレトロな女学生をコンセプトにしたアイドルグループである。衣装は和風ロリータ、メンバーは「桜子」「和歌子」のような古風な名前が多く、互いにさん付けで呼び合う。

間宮ルリはプライベートでもそのスタイルを守っているらしく、長袖ワンピースの生地は着物柄だった。

歳は二十歳前後。つややかな黒髪を、前髪ぱっつんのボブにしている。カラコンを入れた眼は青かった。人形のようにかわいいとはいえ、日常の風景からはやや浮いている。

紫外線対策だろうが、この暑さにもかかわらず長袖を着るアイドル魂には脱帽するしかない。

『間宮ルリです。お待たせしてごめんなさい。仕事が押しちゃって……』

イヤホンから、少し鼻にかかった、舌足らずな話し声が聞こえてきた。

『どうも。鷹山粋です。こっちこそ、忙しいのに呼び出してすみません』

事前に稽古した通り、夏流は自然な愛想笑いでメニューを渡し、好きなものを頼むように言う。ルリが長い名前の紅茶を頼むのを待って、初音から頼まれたと前置きをして、タブレットの画像を見せた。

花音と頬をつけるようにして笑う男は、二十代半ば。パーマをかけた髪を長くのばし、顎先にだけ髭を生やした様は、およそサラリーマンには見えない。

『この人が誰だか知りたいんですけど』

『あぁ……』

ルリは特に悩む様子もなく、さらりと答えた。

『乙ろまのコンサートでバックバンドをやっていた誰かの友達です。名前は大輝。スタジオミュージシャン、だったはず……』

『え？』

『大輝自身は乙ろまとは関係ないんですけど、でも花音とは時々会ってたみたい』

『どうやって知り合ったのかわかりますか？』

『コンサートの打ち上げかな……？　みんな業界の友達とか勝手に呼んじゃうし』

『この——大輝は、花音とどんな関係だったんですか？』

その時、ルリは少し居心地が悪そうに身じろぎする。

『最初は……付き合ってたかも……』

『というと？』

『……花音は、大輝にストーカーされてるって、悩んでました。つきまとわれたり、盗聴されてるかもって……』

（―――……!?）

思いがけない言葉に、オレの背筋を冷たいものが這った。

ストーカー？　盗聴？　初めて聞く事実だ。

「……なんだよそれ……」

思わずつぶやきがもれ、口元を手で押さえる。

『……花音がそう言ってたんですか？』

夏流の確認に、ルリは大きくうなずいた。やや涙声で続ける。

『でも、自殺するほど追い詰められてたなんて、全然知らなくて……っ』

小さなバッグからハンドタオルを取り出し、彼女は目頭に押し当てた。

『わ、私が、もう少し、ちゃんと、話、聞いてれば……っ』

しくしくと泣き出したルリを前にして、夏流はどうしていいかわからないようだ。しばし黙り込んだ後、うわずった声をかける。

『あのっ、あ……、あまり、思いつめないで――』

『……私、グループで浮いてたんです……』

『え？』

『もともと趣味とか、興味とか、人と全然ちがうっていうか……ネットにしか友達がいなくて……、家族ともうまくいかなくて……。ずっと憧れてたアイドルの世界に入れたのに、他のメンバーとも合わなくて……、なんとなく仲間に入れなくて……』

『…………』

『花音だけだったんです。私を受け入れて、優しくしてくれたの。花音だけは、私が浮かないようにいつも気を使ってくれた……』

（すげぇわかる……）

もし自分がその場で聞いていたら、オレはそう返していただろう。

実際、花音は誰に対しても優しかった。子供の頃に親を失い、さみしい思いをして育ったからこそ、弱い立場にある人間を放っておけない性格だった。グループの仲間だったなら、なおさらだろう。

（それに面倒見もよかった）

弟の初音と、幼なじみのオレ。ふたりして大人しいと言い難い性格ゆえに問題を起こすこともあったが、彼女は厳しくも明るく寄り添ってくれた。何かあれば自分のことのように心配してくれた。……思い出すうち、オレの目にも涙がにじむ。

嗚咽をもらしていたルリは、その時ふとつぶやいた。

『許せない……』

『え？』

『大輝を一生許さない――』

不穏なつぶやきに、夏流が息を呑む気配がする。

『そんなの、花音は望んでない……と思います』

やっとのことで返した答えに、ルリはテーブルを殴って叫んだ。

『でも悲しい気持ちだけじゃ立ち直れない！』

カフェにいた客がざわつく。ルリはテーブルに手をついたまま、うつむいて声を振り絞る。

『花音と一緒にステージに立ちたかった！　まだまだ、同じステージに立ちたかった……！』

ついに声を上げて泣き出すルリから逃れるように、オレは通話を切った。全身から力が抜けていくのを感じる。壁に背を預けたまますずるずるとしゃがみ込む。

元カレのストーカー化、妊娠、自殺。

（まさかとは思うけど……）

いやな言葉はつながる気がする。想像するのも気が滅入るけれど、もしそうなら彼女の死に納得ができてしまう。もし合意のない行為があったのだとしたら。――望まない妊娠だったのなら。

「……嘘だろ……！」

頭を抱えてうめく。最後の夜。なぜ彼女からの電話を取らなかったのか。何度もかけてきていたのに、どうして無視し続けたのか。何度も何度もくり返した後悔がぶり返す。今になって罪の意識に押しつぶされそうになる。

《絶対に粋のせいじゃないよ。だから自分を責めたりしないでね》

あの日、夢の中で花音はそう言った。でも。

「こんなの、絶対オレのせいじゃないか……！」

第六幕

俺が〝粋〟として演じるレイモンドは、舞台「ルシア」のキーパーソンのひとりである。

はじめはルシアに味方をしていたものの、彼女から「エドガーが仕事でしばらくフランスに行くことになったので、ふたりだけで秘密の結婚式を挙げた」と打ち明けられたとたん、長い間封じていた彼女への想いを自覚してしまう。

そこからレイモンドはルシアの恋を阻む敵となる。

彼女の兄ヘンリーにすべてを話し、激昂して猟銃を手にした彼をなだめて、ふたりを引き裂く作戦を吹き込む。フランスから送られてくるエドガーの手紙をすべて握りつぶし、しばらくして彼の筆跡に似せて「フランスで出会った女性と恋に落ちた。仇の娘はやはり愛せない」という手紙を作って、ルシアに届けるというもの。加えて、打ちひしがれるルシアに「ヘンリーは君をもてあそんだエドガーを許さないと言っていた。君が彼に囚われ続ければ、ヘンリーは何をしでかすかわからない」と、エドガーへの加害を仄めかす。

ルシアはついに兄が勧める相手との結婚を承諾する……という流れだ。

（……わからない……）

なぜルシアがエドガーと結ばれるのはナシで、兄が用意した相手と結婚するのはアリなのか。

心から首を傾げた俺に、三日前の粋は力説してきた。

「嫉妬だよ、嫉妬！」

「大前提として、レイモンドとルシアは身分ちがいだから結ばれる未来はない。レイモンドはこの先ずっと、誰かのものになったルシアを想い続けることになる」

　粋の説明はよどみなかった。

　彼女の心を奪う男との結婚は許せない。だが愛していない男との結婚ならば受け入れられる。彼女の心は誰のものにもならず、自分は彼女の全幅の信頼に誠実に応え続けられるからだ。

「『何もかもルシアの幸せのため』って口では言いながら、実際はひたすら自分のため。貴族の生まれで、出会ってすぐにルシアに愛されたエドガーに嫉妬してて、エドガーにだけは彼女を渡したくないってのが本心だ。そういう身勝手さをぷんぷん匂わせる感じでやりたい……んだがー」

　三日前の粋は、俺の演技を見た後、深いため息をついていた。

「おまえさぁ、誰かに嫉妬したことないの？　なんでそんなに薄味のレイモンドになっちゃうわけ？」

　困りはてた様子での問いに、俺も腕を組んで考え込んだ。

「嫉妬……」

「自分よりすごい才能のやつを見て悔しいとか」

「嫉妬……」

「つっまんねーなぁ！　……じゃあ好きな女が、自分以外のやつのこと好きだったりとか？」

好きな女……と、眉根を寄せて過去の記憶をたどる。が。

「……かわいいと思って見てると、向こうから話しかけてきてくれる……」

「おまえなんか共演者に熱烈な恋をしたあげく惨めにフリ倒されろ！」

滑舌の良い早口での呪詛に、くちびるがへの字になった。

「粋は嫉妬した経験ある？」

「まぁな」

「どんな？」

訊ねると、彼はまっすぐにこっちを見て苦笑した。

「ナイショ」

「なんで？」

「たぶんに売れない役者のひがみだから」

「粋はいつかきっと売れる」

確信を込めて断言すると、彼は虚を衝かれたように瞬きをした。

「お、おう……」

「普通に尊敬する」

「じゃあ恋愛で嫉妬したことは？」

「そりゃまぁ……」

歯切れ悪く応じ、恋愛でもっとも苦い思い出とやらを披露する。

高校生の頃、仕事で知り合った読者モデルと付き合っていたが、数ヶ月後にバンドのボーカリストと浮気をしていることに気づいた。問い詰めたところ、そもそも向こうが本命で粋のほうが浮気だと言われた。にもかかわらずズルズルと引きずり、半年後にようやく別れた。

「話すとバカバカしいけどな。それなりに相手の男に嫉妬したよ。本気だったし、オレなりに大事にしてたから。まぁ初音と花音が——」

苦笑を浮かべて話していた粋は、そこで言葉を途切れさせる。

「……初音と花音が延々泣き言に付き合ってくれて、励ましてくれたから、そのうち復活できたけど」

静かな声音から、ふたりへの深い信頼が伝わってくる。それを聞いているうち、腹の奥でちりちりと焦げる感情があった。

（俺だって……）

もしその頃に粋と知り合いだったなら、全力で励ましただろう。苦い経験を忘れるためにできることがあれば、何でもしたはずだ。

嫉妬と呼ぶには足りない対抗心。熾火にも似たそんな感情をふいごで大きくするような出来事がすぐ後に起きようとは、その時はまだ想像もしていなかった。

間宮ルリに会いに行ってから粋は明らかに変わった。

舞台稽古でも、どこか心ここにあらず。食事はレトルトや冷凍食品を多用した時短料理になり、家での自主稽古に至っては「悪い。しばらくひとりでやってて」と投げ出し、話もそこそこに食事を終えるやスマホを持って寝室に引きこもってしまう。

どうやらあちこちにメッセージを送り、自殺前の美園さんの様子や、大輝についての情報を集めてまわっているようだ。

気持ちはわからなくもない。粋には、美園さんが亡くなる前夜に何度も電話がかかってきていた。にもかかわらず、耳に痛いことを言われると思い込んでそれを無視してしまったという。

あの時、もしかしたら彼女は助けを求めていたかもしれない。その後悔が今になって粋を駆り立てているのだろう。だがそれでも。

（ありえない……！）

今は舞台の稽古期間だ。

「ルシア」をいかに完成度の高い作品にするか。今まではそのことしか頭になかったというのに。その集中力がごっそり美園さんの件に移ってしまったようだ。

　俳優が、舞台を前にしてそれ以外のことに没頭してどうする。――閉ざされた寝室の扉を見て湧き上がる苛立ちを糧にして、俺は毎晩ひとりで自主練を続けた。こうなったら意地だ。粋との自主練を経てコツはだいぶつかんでいる。

　こっちはこっちで稽古場にしている書斎に引きこもり、稽古の動画を確認してその日の内容を振り返り、納得がいかないところをチェックして、次はこうしてみようとイメージする。離れたところから撮った映像で全体を見ると、自分目線で稽古していた時には気がつかなかった周囲とのバランスにも目がいく。共演者がよい振りをくれていたにもかかわらず、スルーしていたことに気づいて悔しさに悶えたりもする。気づいたひとつひとつのことを吟味して、次につなげるため台本にメモしていく。

　レイモンドは、レイモンドなら、レイモンドの場合――そればかり考えて過ごすのは、本来は〝粋〟を演じることと同義だった。はじめは彼のそんな姿勢に慄いていた。だがいざ真似をしてみると、理解したと思う端から新しいことに気づかされ、なるほどと思った矢先にまた新たな発見がある。

　掘り下げても掘り下げても、充分ということはないと思い知った。そして今までの仕事に対する自分の姿勢の甘さも、いやというほど痛感する。自分なりに一生懸命やっているつもりだったが、役へのこの没頭を経験してしまうと、今までのやり方はまったく浅かったとわかる。

そう言った俺に、三日前の粋は笑っていた。

『常に役を知ろうとすること。でも決して知った気にならないこと』

それが芝居に対する彼のモットーだという。耳にした時には感動すらした。だが今は

――

休憩をしようと部屋を出てキッチンに向かったところ、たまたま冷蔵庫前でペットボトルの水を飲んでいた粋と鉢合わせた。

(ちょうどよかった)

レイモンドとルシアとの距離の取り方について相談したいことがある。少し話せるだろうか？　口を開きかけた時、先に粋が「あのさ」と切り出してきた。

「大輝の件、初音にはまだ言わないでくれる？　もっとちゃんと調べてから報告したいから。あいつはあいつで大変だし、はっきりしてない情報で余計に悩ませたくない」

粋はペットボトルの蓋(ふた)を閉めて冷蔵庫に戻す。その横顔に向けて俺も返す。

「どうでもいいよ」

声は、自分でも驚くほど冷たく響いた。

（イライラする。ムカムカする）

気分はささくれ立つ一方だというのに、なぜか演技では褒められることが増えてきた。

自主練の成果でもある。藤吾に「そうじゃない」と言われた際、いくつものパターンを出せるようになった。また相手の求めるイメージが、以前よりも高い精度でつかめるようになった。芝居相手から投げられる変化球も何とか拾える。

しかし自分が成長したと感じる喜びを伝えられる相手がいない。それが漠然と続いてるイライラの正体だった。粋はひとりで考え込むことが多くなり、以前にも増して稽古場で孤立している。どうせ話しかけても上の空だ。

以前の自分によく似ている〝夏流〟を一瞥し、こっそりため息をついた。

「今日の稽古の動画、共有サイトにアップしときますねー。パスはいつものでーす」

稽古が終わり、スタッフの声が響く。荷物を片付けていると光之介くんが近づいてきた。

「粋くん、今日も夏流くんと一緒に帰るの？」

「あぁ……えぇと……」

質問の意図がわからず、片付けの手を止めて曖昧に応じる。と、光之介くんは肩をすくめた。

「たまには飯とかどう？　佳史も一緒なんだけど」

だ。

耳にした音を言語化し、何度も頭の中で確認する。まちがえていない。「飯とかどう?」

メシトカドウ?

(え……っっ!?)

つまり自分は今、共演者から私的な食事に誘われている!

(は……初めてだ――)

嘘のような出来事ににわかに緊張した。自分を落ち着かせ、真っ白になりそうな頭を何とか回転させる。そう。人に関心を持てと粋にも言われている。人と関わる機会を逃すべきではない。

「い……」

干上がりそうになる喉からなんとか声をしぼり出す。

「行く――」

「よっしゃ! じゃあ後でね」

光之介くんは軽くそう言い、離れていった。

ドッドッドッ……。まだ鼓動がうるさく鳴っている。そこに先に荷物をまとめた粋がやってきて、「帰るぞ」と声をかけてきた。が、しかし。一緒に帰ったところで、また部屋に引きこもって調べ物をするのは目に見えている。

「先に帰って」

俺は心もち胸を張った。

「俺、光之介くんに食事に誘われたから。そっちに行く」

どうだ。誇らしい気持ちで言い放つ。

粋は少しだけ意外そうな顔をした。でもすぐに「あ、そ」と言って荷物を持ち、「気をつけろよ」と手を上げて帰っていく。別に俺がどこで誰と食事をしようがかまわないという態度で。

「――……！」

無表情でどこか冷たい〝夏流〟の顔は、こういう時にことさら相手を苛立たせると実感した。

イライラする。ムカムカする。なぜこんなことで怒りが湧いてくるのかはわからない。

とはいえ今、粋が舞台に全力で取り組んでいない――自分と同じ方向を見ていないことに納得がいかず、彼の心を捉(とら)えているものを非常にうっとうしく感じているのは確かだった。

「夏流くんは？」

「いやあの人来ないっしょ」

　待ち合わせ場所にやってきた佳史くんに、光之介くんが軽く返す。ふたりは〝粋〟を振り向いた。

「粋くんって夏流くんに稽古つけてあげてるんでしょ？　なんで？　マネージャーさんに頼まれたとか？」

「いや。なんとなく、なりゆきで」

〝粋〟を意識して、俺は笑顔を浮かべる。はじめの頃はやや引きつっていたものの、最近はだいぶ自然に浮かべられるようになった。

「すごいね！　あの人、しゃべんないし、やりにくいっていうか。オレは全然仲良くなれなくて……」

　光之介くんがぼやくと、佳史くんもうなずく。

「皆に対してそうじゃん。はっきり言って感じ悪い。いつまで経ってもうまくならないし」

「それは……」

　粋は、演技経験のほとんどない〝夏流〟が最初からうまくては不自然だから、少しずつ上達する芝居をすると言っていた。本番に向けて良くなっていくはずだ。俺は確信を込めて言った。

「がんばってるから、これからもっと仕上がっていくと思う」

「粋くんといる時もあんな感じ？」

「いや……。けっこう話すよ。芝居についてとか、色々……」

答えながら恥ずかしくなる。自分の今までの態度が――それを模倣(もほう)している粋が、周りの目にどんなふうに映っていたのか、今さらながら理解して。

三人で劇場の外に出たところで、新しい声がかかった。

「あれー？　若者たち、どっか行くの？」

ルシアの侍女アリサ役の女優・有川(ありかわ)さんだ。衛兵ノーマン役の俳優・千堂(せんどう)さんも隣にいる。ふたりはうれしそうに近づいてきた。

「アラフォーコンビで飲みに行くつもりだったんだけど、一緒に行ってもいい？」

にこやかな有川さんに、光之介くんがすかさず応じる。

「もちろん大歓迎ッス！　キレイなお姉さんとご飯、うれしいなー！」

「キミほんと処世術が十代と思えない」

「性格もイケメンなんですぅ」

光之介くんが調子よく返す一方、俺のキャパはだんだんいっぱいいっぱいになってくる。

（知らない人が……、知らない人が増えていく……！）

だがこれも人を観察するいい機会だ。ドキドキしながら四人の共演者たちの後ろについて歩いた。

ちなみに初音くんは今日も稽古場に居残りだ。

「大丈夫かねぇ？」

「何とかするしかないでしょう。彼が自分からやると言ったわけだし」

近くの居酒屋に落ち着いてから、その話になった。急きょ出演することになったという点を差し引いても、初音くんは苦労しているようだ。

ルシアは物語終盤に正気を失い、夫となったアルトゥールを刺し殺す。いわば物語最大の見せ場である。が、その場面の演技で、初音くんはなかなか藤吾を納得させることができずにいた。

粋に言わせると「あいつたぶん本気の恋愛したことないしなぁ……」とのこと。稽古場でも藤吾からの「手に入れるためなら手段を問わないってくらい好きなものはないのか⁉」という問いに、「金と権力？」と答えてしこたま怒られていた。

光之介くんが思い出して笑う。

「全力同意ですけどね、金と権力！　オレ、花音に裏切られてからもう、すっかり女性不信ッスよ……」

「アイドルと生身の女を一緒にするな」

佳史くんがツッコミを入れる。

「花音は――」

ビールグラスをにぎりしめ、俺はおもむろに割って入った。

「まじめな子だった。明るくて、まっすぐで、優しくて、いつも一生懸命で、誰からも好かれてた」

　粋から聞いた彼女の生い立ちやエピソードを思い出し、それを実直に伝える。彼女の虚像と実像に、さほど差はなかった。話を聞いて俺はそう感じた。子供ができたというだけですべてを否定されては——粋はきっと納得いかないだろう。今も彼女のために、ひとり必死に真相を知ろうとしているのだから。

　気がつけばテーブルはシン……、と静まり返っていた。

「だから彼女を好きだったなら、その感覚はまちがってない。光之介くんには人を見る目があったってこと」

「————」

　光之介くんはぽかんとした顔で聞いていた。が、突然その目からぶわっと涙があふれ出す。

「うわ、なんだこれ、ヤバ……っ」

　手の甲で涙をぬぐっていた光之介くんは、やがてそれでは間に合わなくなり、おしぼりを目頭に押し当てた。

「オレ……ほんとに花音のこと好きだった……。いつも笑顔で、みんなを元気にしてくれて、すげーファン思いで、グループの仲間も大事にしてて……。あとはオレが彼女と出会うだけ。絶対幸せにするって……思ってたのに……！」

「うわ。もらい泣き……」

正面に座っていた有川さんが目尻をぬぐう。

「君たちいい子だね！　ほら、飲みな！　今日はお姉さんが奢ってあげるから。ね！」

光之介くんの空いたグラスにビールを注ぎながら、有川さんが明るく言う。

「お姉さん、オレ未成年ッス！」

「しまった！　飲んじゃダメー！」

大騒ぎするふたりの傍らで、ひとりでジョッキを頼んでそれを早々に空にした佳史くんが、「あのぉ～」と有川さんに顔を寄せた。

「演技で鼻水たらさずに泣く方法、教えてください。心の底から知りたいです」

千堂さんが「こいつ真顔で酔ってやがる！」と爆笑した。


「ただいま」

家に帰ると、首にタオルをかけた粋が、シーザーストーンのカウンターで梅サワーの缶チューハイを飲んでいた。風呂上がりなのだろう。髪がぬれている。

リビングのテレビがついていた。歌番組だ。壁にかけた薄い液晶の中では、まさに初音くんがグループの仲間と共に歌って踊っている。

カウンターに寄りかかってテレビを観ていた粋は、こちらに気づいて振り返った。

「おかえり。バレなかった？」

「うん、たぶん」

「もうすっかり慣れたな」

「光之介と佳史とは、お互い名前だけで呼ぼうってことになったから」

「りょ」

テレビを観る粋の顔にはどこか陰（かげ）がある。

「……何かあった？」

「んー」

粋はけだるくうなずいた。リビングにテレビの音が響いている――初音くんの今度の舞台には結婚式のシーンがあるんですよね？　そうなんです。初音くんは結婚願望ってあるんですか？　ボクを愛してくれているファンのみんなと結婚できたらいいな～って思ってます。ほんとだよ。いつか迎えに行くから待っててね！――観覧席から歓声が上がる。

粋が缶をカウンターに置いた。

「花音、最近マネージャーに『アイドルやめてもいいか』的なことを訊（き）いてたらしい。理由を訊いたら弱みを握られた、自由になりたいとか言ってたって……」

「弱み？」

「あいつが何を抱えてたのか、いよいよわかんなくなってきた……！」

粋はそう言って、テレビの中の初音くんをつらそうに見つめる。

「もうやめろよ」

俺はリモコンに手をのばし、テレビを消した。

「今は舞台に集中して。公演が終わってからまた調べればいい」

ここ数日の苛立ちも手伝って、我ながら強い口調になった。

粋は明らかに以前ほど稽古に本気で向き合えていない。器用に対処して何とかなってはいるが、本来の彼は自分がそういう状態でいることをよしとしないはず。

「この舞台は、粋がずっと待ち望んでたチャンスなんでしょ？　全力でがんばらなくてどうするの？」

粋はしばし考え込んでから小さく首肯する。

「──そうだな」

意外に素直な反応にホッとした。

「〝夏流〟の芝居も、もう少し上達させてほしい。今日、下手(へた)って言われた」

「あぁ。明日初通しだから、そのタイミングでって思ってた」

一場面ずつ区切る稽古ではできなかったことも、通しでやると、流れの勢いでうまくいくようになることがある。粋はにやりと笑った。

「今じゃ〝粋〟のほうがうまいもんなぁ」

「それは……粋が色々教えてくれたから……」

「いいや、おまえが努力したからだ。短い間によくこれだけ成長したよ」

ぱかんと、自分の口が開くのがわかった。え。今、え？　何て……？

記憶の中の音を再生する。まちがいない。褒められた。

「……酔ってる？」

粋は笑ってチューハイの缶に口をつけた。

「どーかなー」

「酔ってる。ちょっと褒めすぎな気がする」

「酔ってないかもよ」

粋は缶を片手に歩き出した。

「悔しいから、酔ったふりしてるだけかも」

そんな言葉と笑い声を残し、ふわふわした足取りで自分の部屋に入っていく。

（何それ……ずるい！　あざとい！）

ごくさりげないひと言に、ここ数日のイライラがあっさりと解消してしまう。不意打ちの言葉にドキドキと胸が弾んだ。

やっぱり自分の中にはどこを探しても粋へのリスペクトしかない。湧き上がってきた気持ちが夏流を浮かれさせた。頭の中で今聞いたばかりの言葉を反芻する。

『おまえが努力したからだ。短い間によくこれだけ成長したよ』

『短い間によくこれだけ成長したよ』

『よくこれだけ成長したよ』

『成長したよ』

「…………」

頭の中で何度も何度もエンドレス再生する。目を閉じて感動を噛みしめる。すごい燃料を投下されてしまった。

自分の部屋に戻り、静かにガッツポーズを決める。

あの誉め言葉を思い出せば、粋がどこを向いていたとしても、明日からもっとうまく演れそうな気がした。

翌日の朝、俺は初めて〝粋〟の仕事に向かった。

粋に頼み込んで、事務所から紹介される単発の仕事に挑戦させてもらったのだ。

二時間ドラマの脇役である。集合は朝早いものの、昼までには上がれるというので引き受けた。

役柄は営業部の新人サラリーマン。主人公である刑事に事件に関する情報を与える人物で、ワンシーンのみの登場だが、それなりにセリフがある。よって前もってデータで送ってもらい覚えていった。

現地に着くと、待ち時間の間にサラリーマンの細かいプロフィールを考え、ひとりの架空の人間を作り上げた。そしてリアリティを持たせつつ自然な演技になるよう心がけた。

その結果、現場を出る時、監督に「よかったよ」と声をかけてもらえた。

（やった……!!）

なんなら〝香乃夏流〟として初めての仕事を終えた時よりも胸熱な気持ちだ。とはいえ粋らしく「どーも。またよろしくです！」と愛想よくクールに流し、意気揚々と「ルシア」の稽古場にやってきた。

うまくいったと粋に報告できる。そんな興奮は、しかし到着した稽古場の雰囲気を前にしてなりを潜めた。地下のスタジオはざわざわしており、スタッフが走りまわっている。

「え、なに？」

落ち着かない空気にとまどいながら訊ねると、佳史がしかめ面でぼやいた。

「夏流サマがまたやった」

「え?」

隣で光之介がスマホを操作する。

「昨日オレらが飲んでた間、夏流くんこんなことしてたってさ」

嫌な前置きと共に、スマホの画面を向けられる。まとめサイトである。そこには連写で撮った写真が何枚も掲載されていた。

「――……っ」

思わず息を呑む。

一番上の写真には、男と揉み合う間宮ルリの姿が映っていた。二枚目は、後からそこに加わる帽子とマスクの背の高い男の姿。三枚目は、男ふたりが揉み合い、後から入ったほうの帽子とマスクが外れた瞬間。四枚目は、マスクが外れたことに焦る〝夏流〟の顔。最初の男は去ったのか、五枚目ではルリが〝夏流〟にしがみついて泣いている。

一連の写真の下に、その後ふたりは近くの飲食店に入っていき、別々に帰ったと書かれている。

たまたま居合わせた一般人が撮った写真のようだ。最初はＳＮＳにアップされたものが拡散し、まとめサイトに載ったのだろう。

(だから……やめろって言ったのに……!!)

揉めていた男の顔には見覚えがあった。大輝だ。見つけて会いに行っていたのか。

怒りで頭がグラグラする。粋はいったい何を考えているのだろう？　生まれた時からこの業界にいるわりに、あまりに考えなしな行動だ。〝夏流〟が人目を引くことくらい、わかっているだろうに。

それでなくても美園さんがらみの報道で、やや微妙な時期だというのに！

ひとり静かに激昂する俺をよそに光之介がのんびりとつぶやく。

「事情わかんないけど、なーんか利用されてる感じもするなぁ……」

スクロールして写真をしみじみ見返し、彼は言った。

「ルリはグループ移籍してから鳴かず飛ばずだったから。これ彼女の罠だった可能性もあるかも」

え、と俺が訊き返す。

「移籍？　間宮ルリは今、乙女ろまん部にいないの？」

「うん。二ヶ月くらい前かな？　理由は公表されなかったけど、急に別の事務所のグループに移ったんだよ。まぁルリは乙ろまではちょっと浮いてたからねー」

光之介は訳知り顔でとうとうと語る。そんな中、「香乃さん、今日は不参加でーす」というスタッフの声が上がった。

「どういうこと!?」

家に帰るなり怒鳴ると、エプロンをつけたままの粋が玄関まで出てきて両手を合わせた。

「悪い！　ほんっとごめん！　すみませんでした！」

「まず説明！」

厳しい顔で言ったつもりだ。しかし部屋中に漂う、あまりにも美味しそうな香りが空腹中枢を直撃する。

ぐぅぅぅぅ……と盛大に腹の虫が鳴るや、してやったりとばかりに粋が口の端を持ち上げる。

「説明はするから。まず手ぇ洗ってくれば？」

「――――……っっ」

稽古場から抱えてきた苛立ちは最高値に達した。

何よりもイラつくのは、ダイニングテーブルの上いっぱいに並べられた手料理の数々である。手作りギョーザ、自家製チャーシュー入りチャーハン、ロールキャベツのトマト煮込み、照り焼きミートボールピザ……。食べ合わせも栄養バランスもまるっと無視した、俺の好物ばかりだ。

（食べものでごまかされると思うなよ！）

頭の中ではそう考えつつ、ファン魂は「わざわざ俺のためにこんなに作って待っててくれた粋の気持ちを無視するな！　迷惑をかけたってわかってるから、手間と時間を費やして心づくしの料理を用意してくれたんじゃないか。拝み伏して食べる以外の選択があるか？　一緒に暮らし始めたからって慢心してるんじゃないか？　そもそも粋がいなかったら俺は稽古場で劣等生のままだったんだぞ！」と、腹を立てる俺にひとしきり説教をしてくる。

（いや、まぁ、その恩は忘れていないけど……）

「――――」

ぶすっとしたまま洗面所で手を洗い、複雑な気分で食卓につく。

エプロンを外した粋が向かいに腰を下ろした。

「昨日の八時頃、間宮ルリから『大輝の居場所を見つけた』って連絡があって」

「あぁ……」

美園さんの件について調べ始めた際、〝粋〟のスマホを使うと俺が面倒くさいことになる、かといって〝夏流〟のスマホの番号を余計な人間に教えるわけにいかない。ということで粋名義のプリペイド携帯を用意した。そこに連絡が来たのだろう。

「ひとりで会いに行くって言うから、それはマズいと思って。……女の子ひとりで、ストーカーに会いに行かせるわけにいかないだろ？」

「止めなかったの？」

「もちろん止めたけど！　でも『なにがなんでも花音のことを訊きに行く』って全然聞く耳持たなかったんだわ」

「――……」

何となくわかる気がする。美園さんについて話をした際の、間宮ルリの様子を思い返してそう考えた。

美園さんの自殺がよほどショックだったのだろう。ルリの眼差しはどこか不安定で、ひどく思いつめた印象だった。

よって粋は帽子とマスクで顔を隠し、急いで彼女が言う場所に向かったのだという。するとまさに大輝とルリが揉み合っていたため、止めようとして割って入ったらしい。ちなみにルリには「粋に頼まれて様子を見に来た」と説明したとのことで、つまりはこの件が彼女の罠云々の可能性はないだろう。

が、結局こんな騒ぎになり、朝は萌子さんが飛んできたり、事務所へ拉致られて偉い人たちからこってり油を搾られたり、さんざんだったらしい。当たり前だ。

冷然と考える夏流の前で、粋は懲りた様子もなく、それどころか興奮をにじませた笑顔を浮かべる。

「でも行ったかいはあったんだぜ！」

「は？」

まだ言うか。ぎろりと睨んだ俺に、彼は「じゃーん！」とコーラルピンクのスマホを見せてきた。

「花音のスマホ！　やっぱ大輝が持ってたんだ。それをルリが取り返してくれた。揉めてたのはそのせい」

「……へぇ」

「やっと初音に返してやれる」

満足そうに言う粋とは対照的に、俺は不満をぶつける勢いでギョーザに箸を突き刺した。


翌日は粋も稽古に参加した。迎える関係者たちの空気は正直微妙だったものの、冒頭で騒ぎについて謝罪した〝夏流〟は、それ以降集中して稽古に臨んだ。すると全体の空気も引き締まってくる。

すでに通しに入っている稽古はいよいよ佳境である。

『静まれ心臓！　彼女の笑顔を見たからといってときめいている場合か！』

エドガーのセリフを、粋が胸をかきむしりながら叫んだ。はたから見ると笑いを誘う真剣さは計算されたものだ。

〝夏流〟の演じるエドガーは、復讐のために仇の娘であるルシアに近づくも、やがて彼女に本気で惹かれるようになり煩悶する。

『彼女は敵だ！　父の仇の娘だ！　オレから何もかも奪い、みじめな人生に追いやったアシュトン家の人間だ！　誑かして、穢して捨てる。それ以外の選択肢などない！』

荒々しくそう宣言しながら、初恋に目を輝かせるルシアに見つめられれば決意が鈍る。

『復讐に意味があるのか。このまま彼女を誠実に愛し、幸せにするのが、死んだ父の名にふさわしい正しい道なのではないか？』

自問に顔を曇らせるエドガーに、ルシアは明るく笑いかける。

『哀しい顔をしないで。希望があるわ。家庭教師のレイモンドが、私の恋を応援してくれているの。優しい、もうひとりの兄のような存在。彼は私と同じくらい、あなたについてくわしいのよ。だって私が毎日あなたのことばかり話しているんだもの！』

清らかなルシアとふれ合ううち、エドガーの復讐心も薄れていき、最終的に何もかも正直にルシアへ打ち明ける。彼女はそれを受け入れ、ふたりは結ばれる……。

「夏流くん、なかなか仕上がってますね」

「うんうん。良くなりましたよね」

稽古場を見渡す位置に置かれたテーブルから、そんなつぶやきがもれ聞こえてくる。改めて粋のすごさを実感した。ただ他人になりきるだけでなく、稽古を通して成長する様まで演じてしまうとは。おまけに本人、ひとつの挑戦としてそれを楽しんでいるのだ。

藤吾が芝居を制止して、粋に注文を入れる。

「エドガーは、ルシアと結ばれるとこはあんまり複雑な演技しなくていいから。復讐のために近づいたって告白した自分まで受け入れるルシアのいじらしさに感動して、ガーッと衝動的にいっちゃう感じで」

「感動を伝えるために、間をおいて溜めてみたんですけど……」

「んーちょっと長いかな。そこは抑えきれない衝動のほうを強調したい」

「はい」

「あとキスシーンで照れるな。エドガーは苦労して育った大人の男で、世間知らずの御曹司じゃないんだ」

つけ足された指摘に笑いが起きる。初音くんも笑っているが、仕方ないだろう。中身である粋にとっては幼なじみの男とキスをするわけだから、どうしたってためらいが生じるはずだ。

場面の転換と共に粋と初音くんが退がり、今度は俺と佳史が出て行く。

ヘンリーが、妹のルシアの様子がおかしいとレイモンドに言い、事情を知るレイモンドが必死にごまかすコミカルなシーン。はじめのうちは、おもしろくしようとする演技が不自然だとさんざんダメ出しをくらった。しかし粋と個人的に何度も練習した結果、コツをつかんだ。今は自信を持って演じられる。

結局その日、俺は一度も止められずにそのシーンを終えた。

稽古後、ひとりだけ小道具のスタッフに呼ばれて意見を求められた。それを終えて粋のもとへ戻ると、何やら周囲に他の共演者たちが集まっていた。中をのぞき込んだところ、〝夏流〟がマネキンの首を両手に持って見つめ合っている。

傍らにいる光之介が腰に手を当てて言った。

「くちびるを見ない！　ずっと目を見つめたまま顔を近づける！」

「普段はできるんだけど、今は周りがうるさすぎて……」

粋が、無表情ながら困り果てた雰囲気をにじませて応じる。とたん、光之介の叱責が飛んだ。

「人のせいにしない！」

「本番ではできるから……」

小さな声での反論に、今度は佳史が黒ぶちメガネを押し上げながら小さく笑う。

「根拠のない自信はよくないな」

「何やってんの？」

俺は壁際の椅子(いす)に座って台本を読んでいた初音くんに訊ねた。と、彼は興味なさそうに答える。

「キスシーンの練習だってさ」

　言葉の通り、粋はマネキンの首を相手に何度もキスをくり返している。そのたび、周りからああでもないこうでもないとダメ出しをくらっていた。

　苦労する自分の姿を目にして、俺は申し訳ない気分になる。

（俺の代わりに……ごめん……！）

　実のところ俺もさほど自信ない。女子からキスされたことはあれど、逆はなかった気がする。大抵はそこまで関係が深まる前に相手が去っていってしまうためだ。

　これは本来、自分が引き受けるべき受難だったはず。それなのに。

「ヤバい。キスの練習をする香乃夏流、ウケる……っ」

　佳史がくつくつと笑みをこぼす。

「でもギャップありすぎて萌える！　推せる！」

　目を輝かせて見ていた女優の有川さんが、そこで助け船を出した。

「ふりだけでもよくない？　手の位置とか顔の傾け方とかで、してるように見せられるでしょ」

　が、光之介が言い返す。

「十代のアイドルじゃないんだから！　そんな甘いこと言ってちゃダメですよ！」

佳史も口添えする。

「今ここでいい感じのやり方を覚えておけば、この先も役に立ちますし」

「なら誰か手本見せてやれよ！」

そう言う千堂さんも笑っていた。みんな完全におもしろがっている。――だが。

「――俺」

軽く手を挙げて言うと、みんなが意外そうな顔で振り向いた。初音くんも台本から顔を上げ、「粋？」とつぶやく。

俺はもう一度言った。

「俺がやる」

「いいね！　粋、カッコよくお手本見せちゃって！」

調子よく言った光之介が、ウェットティッシュでマネキンのくちびるをふいて首を投げてくる。

両手で受け取ったマネキンの顔を、俺はじっと見つめた。

その一瞬で深く集中する。

自分には恋人と呼べる相手がいたことはない。まだ出会えていない。それでも――そのマネキンが何よりも愛おしい人と想像する。そして男たちを衝き動かす激しい感情を想像する。

エドガーにとってのルシアのように、長年抱えてきた復讐を捨てて、生き方を変えてしまうほどに。

レイモンドにとってのルシアのように、自分の手元に留めるため、人の道を踏み外してしまうほどに。

他の誰も、自分の心まで支配することはかなわない。けれど彼女だけは例外。彼女の心を得るためなら何を捨てても構わない。何をするのもいとわない。それによって、彼女のくちびるに口づける権利を有する、この世で唯一の男になれるのなら――

「――……」

キスをしたマネキンから、くちびるを離して周囲を見ると、それまで冷やかし半分だった面々は静まり返っていた。

「え？　今、粋にすっごいドキドキしたんだけど……」

「間接キスっていじるのも野暮なくらいヤバかった……」

光之介と佳史のつぶやきに、初音くんが呆れたように言う。

「もー粋が夏流くんに教えるんでよくない？　はい、終わり終わり！」

ひらひらと手を振っての言葉をきっかけに、場はお開きになる。

ちょうどそこにやってきた萌子さんが、あわててスマホのカメラを構えた。

「夏流くん！　マネキンにキスをしてるとこ一枚、お願いします！　――それそれ！　いい！　サロメみたい！　めっちゃ映える～!!」

　現在、家事はふたりで分担している。帰宅すると、粋は夕飯の支度、俺は洗濯を始め、食事ができたタイミングで一緒にテーブルにつく。

　昨夜のカロリー過剰な大盤振る舞いメニューのせいか、今日の献立は和食がメインだった。カボチャの煮つけ、生姜焼き、切り干し大根の胡麻和え、豆腐の味噌汁。一昨日の残り物であるタコの酢の物も少し。

　料理に余計な手間をかけないという粋は、調理法も至ってシンプルらしく、三十分かそこらでこれだけ用意してしまう。それでも美味しいのだから本当にすごい。

「粋はきっと小料理屋を開いても成功する……」

　しみじみ感心すると、粋は変な顔をした。

「するわけないだろ」

「する。毎日俺が通う」

「客はきっと毎日おまえだけだろうし、それなら普通に家で作って食べても変わんないじゃん。はい、いただきます！」

　向かい合って手を合わせてから、ふたりしてまっすぐ生姜焼きに箸をのばした。食事は野菜から食べるよう、萌子さんからうるさく言われているが、タレがたっぷり絡んだ肉の誘惑には抗いがたい。

粋は箸で取った肉をご飯の上に置いたところで切り出してきた。

「今日の稽古の後、何かあった？」

「何かって？」

「キスシーンの練習で盛り上がってた時。〝粋〟の言動にしては微妙に棘があったぞ」

「そうかな？」

「他のみんなはともかく、初音は気づいてた」

「――……」

その言葉にまた胸がモヤるのを感じながら、もそもそと返す。

「だってキスシーンの練習、粋はちゃんとやってるのに、みんながそれを笑うから、ちょっと……腹が立って……」

粋のマジメさ、一生懸命さが笑われているようで、釈然としない気分になったのだ。そう言うと粋は「はぁ？」と顔をしかめた。

「ちげぇよ！　みんながめずらしくおまえをいじろうとしたから、あえて乗ったんだよ！」

周りと必要最低限の交流しかしない〝夏流〟は、今も共演者たちの中で浮いている。あえてそう演じながらも、粋はそれを何とかできないかと考えていたらしい。そんな中、光之介が様子をうかがう雰囲気ながら軽口をたたいてきたため、粋も応えたという。

光之介はおそらく、〝夏流〟をみんなの輪のなかに入れようと試みたのだ――と、共演者たちをかばうように言ってから、粋はふと不安そうに俺を見る。

「オレ的には冗談の範疇(はんちゅう)っていうか……全然気にならなかったんだけど、おまえ的にアウトだった？」

「――……」

気遣う口調に、はたと考えた。

もし自分がされたのであれば、さほど問題なかったと思う。粋があういうふうにされていたのが、なんだかおもしろくなかったのだ。……が、よく考えればそれはひどく主観的な言い分である。

「そういうわけじゃないけど……」

ややあってそうつぶやくと、粋はホッとしたようだった。箸先でカボチャを切り分けながら軽く言う。

「おまえも、そろそろ孤高ポジから降りてもいい頃だろ」

俺も、ほっこりと甘いカボチャを噛みしめつつ首を傾げた。

（孤高ポジ……？）

その疑問を口にするよりも一瞬早く、粋が「ところで」と口を開いた。急にひどく真剣な顔で訊ねてくる。

「オレのキスシーン、そんなに下手……？」

「――……」

どうするのが正解か、俺にもはっきりとわかるわけではない。しかしこれまで映像等で見てきたキスシーンと比べれば、粋のキスの仕草は純粋で、初々しいと感じた。熱に浮かされた感や激情が伝わってこない。――という、正直な答えをオブラートに包んで答えた。

「ムードの作り方が……あとちょっとってとこ……かな？」

かつフォローも付け加える。

「あ、でもたぶん粋とキスしただけで女の子はうれしいと思うけど！」

「……ふぅん……」

粋は虚空を見つめて虚ろにつぶやく。さらなるフォローを追加しようとしたところで、〝夏流〟のスマホに萌子さんからＬＩＮＥのメッセージが来た。

『さっきの投稿、反響がすごいです！』

その下に貼られたＵＲＬをタップすると、マネキンとキスする〝夏流〟のバストアップ写真がスマホの画面に表示される。キャプションにはもちろん、「＃キスシーンの練習」とある。

『いいねの数もコメントも、かつてない勢いで増えてます！　まだまだ増えますよ！　夏流くんカッコいいから、本番のキスシーンもきっと見映えするでしょうね！　ファンも楽しみにしていると思います！』

萌子さんは、どういう経緯で練習をしていたのかまでは把握していないらしい。そして彼女のメッセージは、一緒にスマホを見ていた粋の何かに火をつけたようだ。

それから寝るまで――否、翌朝になっても、粋は映画やドラマのキスシーンばかりを一心不乱に見まくっていた。

※

稽古は何とか予定通りに進み、公演初日の二日前にはついに小屋入りを果たした。実際に劇場に行き、立ち位置から照明や音響の効果、衣装まで、細々とした調整をする最終段階を迎える。

その段階でもっとも皆を驚かせたのは〝粋〟だった。

それまで衣装を付けての稽古がなかった〝粋〟は、今日初めて本番と同じ格好をした。メイクをしてウィッグをかぶり、十八世紀イギリス風の衣装を身に着けた姿は、普段とはまるで別人だった。

今まで他の舞台でそれを見てきた夏流ですら、鏡で見て驚くレベルである。舞台裏に現れた時、はじめは誰も〝粋〟と気づかず、怪訝そうな顔を見せたほど。藤吾だけが気づいて「おぉ、化けたな～！」と声をかけてきた。それで皆ようやく息を呑んだ次第である。

（そうだろうとも……！）

俺は内心ひそかに拳をにぎりしめ、自分のことのように悦に入った。

粋は顔に大きな特徴がない分、メイク次第でどんな人間にもなれるのだ。それに本来の演技力が加われば鬼に金棒。なぜこれほどの役者がいつまでも埋もれているのか、まったくもって謎である。

ちなみにそのことは粋自身、あまり意識していなかったようで、レイモンド姿の自分を見て目を瞠っていた。「オレって化粧してる時、こんななんだ……？」とこっそりつぶやくあたり、自分を知らなさすぎである。

翌日の夕方はついにゲネプロだった。

関係者やメディアを集めて本番通りに行われる全体稽古である。原作者のマンガ家まで来ているとのことで、今日は出番のない藤吾もそわそわしている。

ぴりぴりとした緊張感に包まれる中、舞台監督の指示のもと現場は粛々と動き出した。

が、なにぶんみんなまだ慣れていない。

「あ！　初音くん指輪忘れてる〜！」

といった小道具さんの小さな悲鳴が起きたりもする。

舞台の上では、ようやく結ばれたエドガーとルシアが、ふたりでキャッキャウフフのピクニックをしているところだった。そしてふとした瞬間にエドガーが切り出す。

『仕事でしばらくフランスに行かなければならない。長い旅になる。その前に結婚式を挙げたい』

そう言ってヘンリーとの面会を希望するエドガーに、ルシアは顔を曇らせる。彼女はまだ、彼との関係を兄に打ち明けられていないのだ。

『兄を説得する時間をください。あなたが帰ってくるまでには必ず認めてもらいますから』

そしてふたりはエドガーの父親の墓前で指輪を交換し、秘密の結婚式を挙げる。……が、ルシア役の初音が指輪を忘れたため、片方はエア指輪交換になっている。

それでもまるで動じず、本当に指輪があるかのように指にはめてみせる粋はさすがである。

隣で萌子さんが目を細めた。

「いや〜、うちの夏流くんって――」

「カッコイイです」

皆まで言わせず断言する。

エドガーが袖幕に退がってきた。こちらを見て笑い、すれ違いざま肩をたたいてくる。

「がんばれ」

小声でのささやきにうなずいた。ここからしばらくはレイモンドの見せ場が続くのだ。

意を決して、俺は舞台に出て行った。姿を見せたレイモンドに、ルシアがはしゃいだ様子で抱きついてくる。

『レイモンド、聞いて！』

『何だい？』

ここでこっそり指輪を渡す。初音くんも素早く指輪をつけた。互いに素知らぬ顔で芝居を続ける。

『厩舎で生まれたばかりの子馬を見た時よりもはしゃいでいるね。いや、待て。君の誕生日は来月だ。ヘンリーに何かプレゼントをせがんだろう？』

『ちがうわ、私を子ども扱いするのはもうやめるべきよ。だって――』

レイモンドから離れ、ルシアは舞台上でくるくる回った。そして舞台の中心で、エドガーと交換した指輪を客席に向け、高らかに声を張り上げる。

『私、エドガーと結婚したの！　彼の妻になったのよ！』

その宣言にレイモンドは凍りつき、そして初めて自分が彼女に想いを寄せていたことに気づく。彼女を悲しませたくなかった。だから秘密を守った。だが——。

身分違いゆえ自覚すらしていなかった激情に突き動かされ、彼は悪魔に魂を売ってしまう。

（嫉妬の感情がどういうものか、まだよくわからないけれど——）

自主稽古を返上して美園さんの死の真相を知ろうとする背中を見た時。〝夏流〟にしがみついて泣くルリの写真を見た時。笑顔でコーラルピンクのスマホを見せられた時。湧き上がった怒りはそれに近いもののような気がする。

自分の中で呑み込みきれず、いつまでもくすぶり続ける感情に心を澄ませ、すくい取って演技に混ぜ込む。呑み込みがたい不満。卑しくも純粋な怒りだ。

レイモンドは何もかもヘンリーに暴露し、エドガーを殺すと息巻く彼をなだめて、ふたりを引き裂く計画を耳打ちする。しかし——計画通りルシアは政略結婚を受け入れるものの、帰国したエドガーから激しくなじられて正気を手放し、事故死してしまう。

ヘンリーは半狂乱になり、自責の念に襲われたレイモンドは、何もかもエドガーのせいだと拳銃を手に彼のもとに向かう。

『ヘンリーは彼なりに妹を愛していた。守ろうとしていたんだ。けだものめ！　なぜ彼女に近づいた！　あの純粋な人を、よくも汚らわしい復讐の毒牙にかけたな!!』

激したレイモンドはそう叫び、相手に銃口を向ける。その時ふと空白が生まれた。

「――……」

エドガーのセリフが途切れたのだ。抜けたのか？　と、一瞬ひやりとする。だがそうではなかったらしい。エドガーは淡々と応じた。

『おまえたちの幸せを壊したのはオレじゃない。おまえたち自身の憎しみだ。喪失と汚辱の中で生きるがいい。かつてオレが父を失った時のように』

ルシアが死んだと聞いたエドガーからは、あらゆる感情が抜け落ちている。彼は死を望みながらレイモンドに銃を向ける。そんなエドガーをレイモンドは泣きながら撃つ。

銃声の後、死に瀕したエドガーのもとへルシアが現れた。レイモンドは消え、エドガーは彼女の手を取って起き上がる。

『ここにいたのか』

微笑む彼にルシアも笑顔を返す。

『やっと見つけた、私のエドガー。この美しい場所を見て！』

景色はいつの間にか結婚式の披露宴に変わっていた。皆に祝福されながらふたりは踊り始める――。

「…………」

※

ゲネプロの動画を見返しながら、俺はひとりでズーっとカップ麺(めん)をすすった。

このところ毎晩手料理を食べていたので、インスタント食品は久しぶりだ。粋はカップ焼きそばを手に部屋にこもってしまった。

なぜこうなったかといえば、ゲネプロのせいである。

全体稽古は大きなミスなく成功。客席の反応も上々。社交辞令で片付けるには熱い拍手を受けた。その後の囲み取材も熱のこもったものになった。注目を浴びたのはもちろん主演のエドガーである。そこまではよかった。

が、舞台全体で最も評価を受けたのはレイモンドだった。

客も関係者も、どちらも「粋くんすごいね!?」という反応だったのだ。特に原作者であるマンガ家の興奮ぶりはすごかった。

四十前後か。ハイブランドのニットアップを個性的に着こなした女性は、関係者のほと

んどが　"夏流"　と初音のほうに向かう中、まっすぐに　"粋"　のもとへやってきて「すっごくよかったです！」とまくしたててきた。

「原作のオペラでは、レイモンドはただの家庭教師なんです。でもそこに恋愛要素を入れたら切ないな〜っていう私の妄想がこの作品の原点なんですが、その妄想のレイモンドがまさにそこにいたって感じでした！　すばらしい作品にしてくださってありがとうございます！」

　周りがハラハラするほど、マンガ家はずっと〝粋〟を褒め続けた。

　その後、藤吾も「今日のMVPだな」と声をかけてきた。あげく〝夏流〟の肩を抱いて、からかいまじりに言ったのである。

「おまえももう少しがんばれよ。ラストんとこで粋にのまれてたろ？　一瞬セリフ抜けたの、絶対そうだろう？」

　それ以降、粋は口をきいてくれない。帰りの車の中でもずーっと無言だった。もちろん俺はちゃんとわかっている。家に帰ってきてから言ったのだ。

「〝粋〟のほうがうまいって形で、〝夏流〟を演じてくれたんだよね？」

が、なぜかそれが火に油を注いだらしい。粋はギッと睨みつけてきた。

「明日は見てろよ!!」

　そして水を入れた電気ケトルとカップ焼きそばを手に部屋にこもってしまった。その後、扉の向こうからブツブツとセリフが聞こえ始めた。

というわけで、こっちは鍋で湯を沸かした次第である。

「焼きそばのお湯抜きは……やっぱケトルの中にしたのかな……?」

ふやけた麺をズーっとすする。が、すぐによけいな雑念を追い払い、俺もテーブルの上に開いた台本に意識を集中した。

第七幕

（何やってんだオレは!!!!）

自分の驕りを突きつけられた。

セリフは覚えた。芝居も身体に叩き込んだ。舞台に立てば何とでもなると思っていた。

まさか夏流の演技に食われる日が来るなんて想像もしていなかった。

自分の顔ながらメイクと衣装がハマりすぎていて、まさに物語の中から抜け出してきたかのような外見だったというのもある。だがそれだけではない。

（今日、あいつは集中してた。緊張しつつ、余計な力が抜けてた）

稽古場でも家でも毎日毎晩稽古を重ね、自信をつけたせいだろう。

オレだって地道な努力を積み重ねて結果を出してきた。が、花音のことがあり、いつのまにかそれがすっぽ抜けていた。ということに今日、気づかされた。

（オレは集中できてなかった――）

昨夜、花音をストーカーしていたという大輝について、知り合いの音楽関係者から「半年前に大麻不法所持で有罪になり、現在執行猶予中」との情報が入ったためだ。そのことで頭がいっぱいだった。

耳にしたことをいつ、どのように初音に話そうかと悩んでいた。大輝がスマホを盗んだ件について警察に連絡するなら早いほうがいい。とはいえ初音は初音で、今はそれどころではない。

何しろ今日のゲネプロで最も評価が低かったのは初音だ。今日に限らず、このところずっとそうだった。稽古時間が少なかった、花音の死のショックを引きずっていた――様々な理由があるだろう。しかしそれだけではない。

初音は野心的で何事も計算するタイプ。でも根はいたって健全な性格だ。物語最後の婚礼シーンでルシアが直面する、愛するあまり気がふれてしまうという感覚がどうしてもわからないらしい。初音なりにあれこれ研究し、色々と試してはいるものの、何をやってもどこかから借りてきたようなテンプレ芝居になってしまう。婚礼シーンはこの舞台で一番の見せ場であるにもかかわらず、だ。

ゲネプロを見たメディアの間では、「まぁアイドルにそこまで求めるのもね」という空気ではあった。「急死した姉に代わって急きょ舞台に立った弟」の出来としては充分及第点だ。舞台の紹介記事にも感動的なコメントが並ぶだろう――

カップ焼きそばを咀嚼(そしゃく)しつつつらつら考え、大きく息をついた。

(いや、だからオレは人のことを心配してる場合じゃないんだってば……!)

自分は今、香乃(こうの)夏流だ。デビューして早々に人気沸騰(ふっとう)、とはいえ顔だけとも言われ続けてきた、ぽっと出の俳優。だが「ルシア」の舞台に立ったのを機に見違えるほど成長を遂げた――そんな夏流を演じなければならない。

これからは実力派俳優として認知されるよう、この舞台でガツンと世間の横っ面(つら)を張るような芝居を見せる。そんなつもりでいた。

（顔と実力を兼ね備えたって……それもう無敵じゃん……）

顔が良ければ自分ももっと——とお決まりの愚痴がこぼれかけて頭を振る。雑念を追いやり、集中して台本を開いた。もう一度最初からすべてのセリフと、稽古中に書き込んだメモを見直す。

エドガーは子供の頃に父親を殺され、城と土地を奪われて放逐された。仇であるアシュトン家を恨んで育ち、復讐のためにルシアに近づいた。彼を駆り立てていたのは怒りと憎悪、そして孤独。本来は育ちがよくて一本気な性格。ルシアと出会い、心が満たされてからは、彼女を信じてひたむきに愛する。彼女のためにヘンリーとの和解を決意し、彼に認められるためには財産が必要だと、フランスに渡って事業を興す……。

（なのに成功して帰国したエドガーを待っていたのは、今日ルシアが結婚するという報せだった、と。わかるわー。その『そんなバカな!?』感……。オレも経験ある……）

苦い経験をした彼女について思い出すなど、時々雑念も交えながら。明日の初日に向けて、じっくりと念入りに、改めてエドガーとして生まれ直していく。

※

『裏切り者め！』

アシュトン家の城で——エドガーにとっては奪われた父親の城で、花嫁衣装をまとい、他の男との結婚証明書に署名をするルシアを、乱入してきたエドガーが指弾する。

『不実な女め！　信じたオレが愚かだった。だがそれでも愛している。呪われたおまえを愛している！　ルシア、オレと共に来てくれ！』

激昂しながらも愛を伝えてくる彼を目にして、ルシアはようやく兄に嵌められたことを悟る。

しかしここでエドガーの手を取ったが最後、いま彼に銃口を向けているヘンリーが引き金を引くのはまちがいない。そう確信するルシアは震える手でエドガーからもらった指輪を外し、彼に返す。

『こうするのが一番いいの。わかって……』

エドガーは受け取った指輪を投げ捨てて踏みつけ、彼女の親族を激しく罵る。

『オレを殺して婚礼の祭壇に捧げるがいい！　おまえたちに似合いの結婚式だ！』

ゲネプロに続き、初日も充分に成功と言える出来だった。まだ仕上がりの甘い箇所もあったものの、満席の客から万雷（ばんらい）の拍手を受けて幕が下りる。

カーテンコールの際、主役は一番最後に出て行く。大舞台で主役として拍手を受ける
――長年憧（あこが）れていたことをオレは初めて体験した。

ルシアと並んで舞台に出て行き、先に〝夏流〟が中心であるゼロ番に進み出ると、ひときわ大きくなった拍手と共に、女性客の歓声が上がった。

（夢にまで見たやつ……！）

天に昇るほどの感慨（かんがい）を噛（か）みしめながら、胸に手を当てて深々と頭を下げる。

熱烈な拍手の中に、夏流ファンからの好意だけではなく、芝居への称賛も混ざっていると感じるのは気のせいではないはずだ。

まずまずの達成感と共に三度のカーテンコールを終えると、共演者たちと労（ねぎら）い合いながら楽屋へ戻った。が、その楽屋にて、最高の感慨も吹き飛ぶような出来事が起きた。

きっかけは着替えをすませた初音が、〝夏流〟の楽屋を訪ねてきたことだ。

「夏流くん、ちょっといい？　……って、あれ、粋（すい）もいるの？　何なの君たち。何でふたりしてスタバの新作フラペチーノ飲んでんの？　ほんと仲良すぎない？」

遠慮なく入ってきた初音の指摘に、夏流がきまじめに応じる。

「これ萌子（もえこ）さんの差し入れ」

「何か用？」

　オレは〝夏流〟の顔で簡潔に訊ねた。フラペチーノを飲みながら、タブレットで舞台の感想を漁っていたところだ。

　初音は廊下に向けて手招きをする。

「いや、実はこの子たちが夏流くんに話したいことがあるっていうから……」

　手招きに応じて三人の女の子が入ってきた。全員二十歳前後。顔に見覚えがある。

「あ。乙ろまの――」

「はい、亡くなった花音ちゃんの仲間です」

　三人は乙女ろまん部のメンバーだった。グループのコンセプトを意識してか、私服もワンピースやロングスカートといったフェミニンな格好をしている。楽屋の空気が一気に明るくなった――と思った瞬間、ひとりが夏流に向けて発した言葉にバキッと凍りつく。

「マネージャーさんですか？」

　ウィッグを外してメイクを落とした〝粋〟は確かにそう見えなくもない。が、夏流はたいそう心外そうに「はぁ!?」と凄んで立ち上がった。あわててその肩に手を置き、再び座らせる。

「この人は共演者の鷹山粋くん」

〝夏流〟っぽく紹介すると、初音も言い添える。

「レイモンドやってた人ね。ついでにボクの友達」

女の子たちは「えー全然わかんなかった！」「すごーい！」と目を丸くしてから、なぜだか集団での自撮りにふくれっ面でフラペチーノを飲む夏流を巻き込んでいた。初音が呆れたように言う。

「夏流くんに話したいことがあるんじゃなかったの？」

「あぁ、そうでした！」

「突然押しかけちゃってすみません」

「夏流くんに、どうしても言っておきたいことがあって……」

口々に言ってから、三人は目を見交わした。その中からひとりが進み出てくる。桜子と名乗り、真剣な面持ちでオレの前に立つ。

「ルリに気をつけて」

「……え？」

「あの子、かなり危ない子だから。近寄らないほうがいいっていうか……」

やぶからぼうな忠告に首を傾げる。

「危ない？」

「グループを移籍したってことになってるけど、本当は除名されたんです。他のメンバーにカッターナイフで斬りつけて」

「えっ……!?」

「ルリは花音のことが好きで……、本当に大好きで、なんか執着の仕方が異様だったっていうか……」

桜子の言葉に他のふたりもうなずいた。

「本当です。他のメンバーが花音に近づくのを邪魔してたくらい」

「カッターで斬りつけたのも、相手が花音ちゃんとふたりで買い物に行ったからって言ってました」

「あの子、リスカの癖もあって。カッター、常に持ち歩いているんですよ。怖くないですか？」

「だから今は夏流くんに絡んでるって聞いて、絶対注意しなきゃって思って……」

「――……」

その危ない人と、オレは数日間メッセージのやり取りをしたわけだが――特におかしな印象はなかったと思う。彼女たちの話はどこまで本当なのだろう？　当然そう考えた。

芸能界では人の足を引っ張って自分を売り込むための嘘(うそ)などめずらしくもない。が、その予想はすぐに打ち砕かれる。

フラペチーノをストローでザクザクかき混ぜながら夏流が口を開いた。

「この中で大輝ってやつを知ってる人いる？」

　桜子が手を上げた。

「大輝ならカレの友達だけど……」

「話したいんだけど、連絡取れる？」

〝粋〟の突然の申し出に、女の子たちは怪訝（けげん）そうな顔を見せた。オレも言い添える。

「オレたち、そのルリって子から、大輝が花音にストーカーしてたって聞いたから……」

　とたん、三人は「えぇー!?」と声を張り上げた。

「ないない！　だって大輝と花音、接点ないじゃん！」

　他のふたりが騒ぐ中、桜子だけは「えぇと……」と口を開く。彼女は初音に向けて言いにくそうに打ち明けた。

「絶対絶っ対絶っっ対ナイショって言われてたんだけど……、花音は大輝と付き合ってたよ……」

「————なんて？」

　初音が掠（かす）れた声で返す。桜子は両手を振った。

「ストーカーっていうのは完全にデタラメ！　ふたりとも最後まで仲良くて、結婚するって言ってたし……！」

　続けざまの衝撃的な言葉に初音は青ざめている。

「絶対ナイショだったのは、なんで？」

「大輝、去年大麻持ってて捕まっちゃったの。執行猶予中だから、もしバレたら花音に迷惑をかけちゃうから、自分たちが付き合ってることは絶対誰にも言わないでって、どちらかというと大輝からきつく口止めされた……」

「え!?　でも葬儀中に花音のスマホを盗んだのは大輝――のわっ!?」

　言いかけたとたん、首が急に冷たくなって叫んだ。いつの間にか横にいた夏流が、椅子に座ったままの〝夏流〟の首にフラペチーノを押し当ててきたのだ。

　何だよ!?　と言いかけて、こっちを見下ろす目に諭される。ほぼ他人だった〝夏流〟が、花音の件について首を突っ込んだり、本気で心配するのは不自然だ。ハッと口を閉ざした時、初音がこっちを振り向いた。

「は!?　その大輝ってやつが犯人？　初耳なんだけど！」

「――――」

　我に返って口をつぐむオレに代わり、夏流が答える。

「おまえは舞台のことでいっぱいいっぱいだったから、言うタイミングを計ってた。ごめん」

「……確かに余裕なかったけど」

「ルリはそれを大輝から取り返そうとして揉み合いになったらしい。実際にスマホも渡してきたし、それは本当だと思う」

「じゃあ……どういうことだ……？」

　ルリは嫉妬(しっと)で人を傷つけるほど花音に執着していた。大輝は花音と付き合っていたにもかかわらず、葬儀で彼女のスマホを盗んだ。

　もたらされた情報をまとめるとそういうことになる。

　困惑まじりの沈黙の中、桜子が申し出てくる。

「じゃあ……大輝に電話してみようか？」

「連絡先、知ってるの？」

「私は知らないけどカレなら知ってると思う」

　彼女は小さなバッグからスマホを取り出し、しばらくメッセージのやり取りをした後、その場で電話をかけた。数コールで出た相手に「もしもし、大輝？」と声をかけ、軽く事情を話した後、スマホを初音に渡す。

　受け取った初音は、緊張に声を震わせて切り出した。

「単刀直入に訊(き)く。花音のお腹(なか)の子供の父親って君？」

　静まり返った楽屋に、電話の向こうから大輝の小さな声が響いた。

『……はい』

「花音のスマホ、盗んだ？」

『はい』

「なんで？」

『花音が死んだのは絶対に自殺じゃないって思うから』

「え？」

楽屋にいた全員が息を呑む。

言葉を失うオレたちに向け、はっきりと、強い口調で大輝は断言した。

『花音が自殺なんかするはずない。そもそも理由がない。子供ができて、彼女は喜んでたんだから』


その場に怖ろしいほどの沈黙が降りた。スピーカーホンにしているわけでもないのに大輝の声はクリアに聞こえる。耳にした言葉が衝撃的すぎて、誰も声を発することができなかった。

大輝はさらに続ける。

『実は……先月、花音はストーカーされてるかもって悩んでたんです』

「え？」

『郵便物が荒らされてたり、無言電話が来たり、ＳＮＳにオフの日の行動を書き込まれたり、ちょいちょい嫌がらせが起きたらしくて。その時はオレ、マネージャーに相談しようって言うだけで終わらせちゃったんだけど……、花音が死んだって聞いて、まずそれを思い出して……』

「なんで言わなかったんだよ！」

初音の抗議に、大輝は早口で弁解する。

『言っても信じてもらえないと思って……！　オレと花音が付き合ってるのは隠してたし、オレ前科(まえ)ついちゃってたし、ストーカーとか言ったらまずオレが疑われるんじゃないかって……っ』

「で……？」

『もし仮にだけど、花音が自殺じゃないとしたら……自然死でもないとしたら、やっぱストーカーが怪しいし、スマホの中に証拠になりそうなものがないか、探したくて……盗みました……すいません……』

「……何か見つかった？」

『そういうのにくわしい友達に調べてもらったら、盗聴とGPS追跡機能のある非表示アプリが仕込まれてたって』

「――……」

『それも先月インストールされてたみたいで。だから時期的にも合うけど……』

その友人とやらに、アプリはストーカーが花音を死なせた証拠にはならないと言われ、じゃあどうしようかと悩んでいたところ、ルリに待ち伏せされて、花音のスマホを奪い返されたそうだ。

『結局、まだ何もつかんでなくて……。決定的な何か、見つけたら話そうと思ってたんですけど――すいません……！』

「何が？」

押し殺した、冷たい声で初音が訊く。電話の向こうで相手は泣きくずれた。

『ス、スマホ盗んですいません……。守れなくてすいません！　ストーカーのこと聞いた時、もっとちゃんと対応しなくてすいません！　すいません……！』

苛立（いらだ）たしげな手つきで電話を切った初音は、思いつめた様子でつぶやいた。

会話を聞いていた女の子たちももらい泣きしている。

「……花音が手首を切ったカッターは、キーホルダーみたいな小さなものだった。警察は、花音のポーチに入るサイズだって言ってたけど、オレは見たことがなくて……」

と、女の子たちが答えた。

「ピンク色の、おもちゃみたいなやつ？」

「それ、ルリのです！」

「つまり……ルリが花音の手首を切った？　花音を殺した……？」

茫然（ぼうぜん）とつぶやく初音の肩を〝粋〟がつかむ。

「今は舞台のことだけ考えろ！　花音の代わりに舞台を成功させたくて、ルシア役をやらせてもらったんだろ⁉　それが花音への一番の供養になるって思ったんだろ⁉」

「粋――」

「ルリのことは、全部終わってから落ち着いて考えよう。俺も手伝うから。な？」

熱を込めて話す夏流の姿を目にして、オレは言葉を失う。セリフを書いたわけでもないのに、自分の言いたいことを何もかも言ってくれた。

成長著（いちじる）しい姿に感じるのは、頼もしさよりもむしろ、自分が必要とされなくなる不安と、そして。

「――――……」

腹の中でふつふつと煮詰まっていく感情は、名前をつけるのがためらわれるもの。オレは自分のマイナス思考をシャットダウンしつつ、再びタブレットを開いて舞台の感想を追い始めた。

※

初音はその後、事務所のＩＴに強いスタッフに花音のスマホを調べてもらったらしい。しかし大輝が言うような妙なアプリは見つからなかったそうだ。

大輝の話が本当なら、誰かがアンインストールしたことになる。大輝の手から離れた後に花音のスマホにさわったのは、ルリと粋、初音だけ。犯人はルリしか考えられない。

彼女は携帯の電源を切っているらしく、何度電話してもつながらなかった。もちろんメッセージにも既読がつかない。ともあれ公演中の今は、できることもほとんどない。乙女ろまん部のメンバーに頼んでルリについての情報を集めてもらうくらいだ。

それに花音の死因に不審な点が出たことで、初音はかなり動揺したようだ。初日以降、明らかに集中できていなかった。セリフの抜けや、動きのきっかけを逃すことがたびたびあり、現場はぴりぴりする一方。オレたちは当然そっちにかかりきりになる。そして――

事件は、公演五日目に起きた。


二幕の中盤。ルシアの結婚式から追い出されたエドガーは自宅に戻る。そこへ怒りに燃えるヘンリーが乗り込んでくる。

父親の悪行のせいで社交界への門を閉ざされていたヘンリーは、妹の政略結婚を足がかりに社交界に舞い戻ろうと考えていた。だがエドガーの乱入によって名誉を穢(けが)され、またけちがついたのだ。そう糾弾してくるヘンリー役の佳史に向けて、オレは声を張り上げる。

『愚かな愚かな愚かなヘンリー！』

憎い仇と、その妹を信じた自分への絶望に苦しみ、捨て鉢に叫ぶ。

『オレがこんなにも早くスコットランドに戻ってきたのには理由がある！　それを知っていればおまえも早まった選択をしなかっただろうに！』

叫びながら、佳史のほうへ一歩、二歩と近づいていった。

エドガー宅のセットは、足下が舞台の奥から客席に向けて緩やかに傾斜していた。八百屋舞台というやつだ。慣れていないとバランスを取るのが難しい。おまけに〝夏流〟の身体は、今朝また熱を出していた。花音や初音について考えてしまい、ここ数日なかなか眠れなかったせいだろう。

いつもならどうということのない傾斜だが、今日は慎重にいかないと。佳史を見つめたまま、ゆっくりと歩く。

『伯爵の跡取りだった親戚が事故死し、他に継げる男子がいないからと、オレが後継者に指名された。オレと和解すれば、社交界に戻って汚名をそそぐなど造作もないことだったというのに！』

『黙れ、うるさい蠅め！　今頃ルシアは新婚の床にいる。おまえでない男の腕の中に』

佳史は青ざめた顔を歪めて笑みを浮かべていた。怒りに震えながらの発声は、低く静かでありながら劇場の最後列まで届く。うまい。

ぞくぞくと肌を粟立たせる高揚感を感じながら、腕をのばして佳史につかみかかった。

『オレの心まで殺しに来たのか？　引き裂いて踏みにじり、笑いに来たか!?』

『いいや、おまえの命をもらいに来た！　決闘を申し込む！』

鼻先がふれるほど顔を近づけ、互いに罵り合う。ヘンリーとエドガーが対決するこの場面はクライマックスに向かう山場だ。ゲネプロでも数々のカメラに抜かれ、ネットでの公演紹介の記事に写真が載った。

佳史が怒鳴る。

『夜明け前、場所はお前の一族の墓前だ！　お前はそこで死に、そのまま墓に入ることになるだろう！』

『ほざくな、オレがお前を殺してやる――』

揉み合った末に、互いに相手を突き飛ばすようにして離れる――その直前。

普段はほとんど見ない客席が、ふと視界に入った。同時に見覚えのある姿が目に飛び込んでくる。

（あいつ……！）

間宮ルリだ。下手の五列目、通路脇の席に座っている黒いワンピースの女。それだけならすぐ芝居に戻っていただろう。しかし――

(な……っ⁉)

あろうことかルリは客席で手首を切っていた。袖をまくった白い腕を伝い、血が滴り落ちている。

目を疑った瞬間、芝居を続けていた佳史に強く突き飛ばされた。

「………っ」

ドン、という衝撃と共に、熱っぽい頭がふらりと平衡感覚を失う。斜面になった台の上でバランスをくずし、倒れて転がる。――起き上がることもできずに転がり続ける。

運悪く、その先には四角い穴がぽっかりと空いていた。次のシーンに登場するレイモンドが待機しているセリである。高さは三メートルほど。下には周囲をフェンスで囲まれた昇降機があり、すでに夏流が立っている。

あ、と思った時には、オレの身体はその中に吸い込まれるように落ちていった。

「おい！　しっかりしろ！」

「大丈夫か⁉　粋！　夏流！」

肩を強く揺さぶられる感覚に目を覚ます。肩が痛い、腰が痛い、肘が痛い。身体中あちずなのに。

こちがズキズキする。何でこんなことになってるんだろう？　自分は舞台に立っていたは

（──そうだ）

公演中であることを思い出し、痛みをこらえて無理やり上半身を起こした。

「だ、大丈夫です……っ」

その時、あれ、と思った。声が変だ。ここ一ヶ月ほどずっと聞いてた自分の声とちがう。

周囲には人が集まっていた。プロデューサーや舞台監督、その他スタッフたちが皆、心

配そうにこっちを見下ろしている。

オレと、もうひとりを。

「粋……？」

同じように半身を起こしてこっちを見ているのは、香乃夏流──まぎれもない本人だっ

た。

（てことは……？）

自分の全身を見まわす。鏡がないので顔はわからないものの、衣装はレイモンドのもの

だった。〝粋〟が着ていたものだ。

「元に戻った……！」

思わず口に出してしまう。入れ替わりが解消し、意識がそれぞれ本来の身体に戻ったの

だ。

　オレは素早く頭を切り替えた。見下ろしているスタッフに訊ねる。

「今どんな状況!?」

「一度幕を下ろしたの。お客さんには二十分休憩ってアナウンスしてる」

「夏流くんが落ちてから二、三分経ったとこ」

「そっちはどう?」

　訊ねると、夏流はうなずいた。

「大丈夫だと思う。意外に何ともない」

　その瞬間、みんなが大きく安堵の息をつく。萌子さんが泣きそうな面持ちで夏流に問う。

「本当に大丈夫ですか?　頭は打ってない?」

「落ちる前、フェンスにぶつかったから……」

　セリの周りには落下防止のフェンスがある。落ちてきた〝夏流〟を〝粋〟が受け止める形になり、ふたりしてまずはフェンスにぶつかったため、床に叩きつけられずにすんだようだ。

「舞台の残りは三十分弱だ。……いけるか?」

　舞台監督の問いに、ふたりで大きくうなずいた。

「いけます!」

「やります」

舞台監督がプロデューサーを見る。プロデューサーがうなずく。

「よし！　休憩後に再開！」

舞台監督の指示に、スタッフたちが慌ただしく動き出した。

しかしその直後、夏流のうめき声が上がる。立ち上がった瞬間また倒れそうになったのを、隣にいた萌子さんがとっさに支えた。

「どうしたの!?」

「右足……っ」

スタッフが急いでパイプ椅子を持ってくる。そこに座らせて確認したところ、夏流の右足首がありえないほど腫れていた。ジムインストラクターの資格があるという大道具のスタッフが、ひと目見て「捻挫ですね」と言う。

「病院で検査しなきゃならないレベルです」

舞台裏は再び重い空気に包まれた。が、夏流は「やれます」と主張する。

「この後エドガーが出るのは、墓場でレイモンドと語るシーンだけだし。その間エドガーはほとんど膝をついてるか、横たわっているから……」

と、皆の後ろにいた加瀬さんが「確かに」とつぶやいた。

「決闘に臨むシーンを、墓に座って待っている形にすればいけるか……？」

加瀬さんのアイディアに、舞台監督が大道具のスタッフを見る。

「墓のセットに座れる場所あったっけ？」

「はい、ちょうどいい高さの装飾があります。内側から補強すれば座れると思います」

「十分で頼む。慎重にな」

「はい！」

大道具さんがどこかへ走っていく。それを機に皆がそれぞれの仕事に戻ろうとした時、夏流が大きな声を張り上げた。

「あの！」

椅子を支えにして立ち上がり、彼は共演者やスタッフたちを順番に見まわす。

「俺の不注意でこんなことになってしまって、本当にすみませんでした！　今日の舞台を最後まで終わらせられるよう全力でがんばりますので、どうか協力をお願いします！」

大きな声でそう言って、深々と頭を下げる。その姿を皆は意外そうに見守った。

それはそうだ。オレはこれまで、簡単には人に打ち解けず、誰に対してもどこか壁のある〝夏流〟を演じてきた。かつての自分のように、誤解して反感を持つ人も少なくなかったと思う。

その彼がこうして頭を下げているのだから驚くのも無理はない。

劇場の制服を着たスタッフが、おずおずと口を開いた。

「お客様から報告があったのですが……、どうも客席で変な真似をした女性がいたそうです。観劇中に手首を切っていたとかで……」

「手首!?」

皆がざわつく。スタッフはうなずいた。

「はい。事故の直前、香乃さんはそれに気づいた様子だったと……」

加瀬さんが夏流に「そうなのか?」と声をかけた。頭を上げた夏流がこっちを見る。オレがうなずくと、彼も静かにつぶやいた。

「……はい。それで、驚いて……」

「そんなん見たらオレでも驚くよ!」

光之介が大声で言い、佳史も「こっわ……」と相づちを打つ。

(そうだった。それを忘れてた——)

オレはスタッフに訊ねた。

「そのお客さん、いまはどこに?」

「それが……いなくなってしまったみたいで……」

とまどいまじりのスタッフの言葉に、その場がざわりとする。漠とした不安の空気をぬぐいきれないまま、舞台の再開に向けて現場は動き出した。

休憩は残り十分ほど。壁際に立って待つオレの前に、加瀬さんがやってくる。

「レイモンド！」

「はい」

「エドガーは動けない。立ち位置から何から全部変わってくる。代わりになるべくおまえが動いて舞台に変化をつけてほしい。ぶっつけ本番で」

「うわ、またメチャクチャな注文きたな」

「なに笑ってんだ。できるか？」

「当たり前」

加瀬さんの問いに、めいっぱいカッコつけて応じた。

「そういう時のための布陣でしょ」

舞台に不慣れな主演のふたり以外を、知名度よりも実力重視で選んだのは加瀬さんの判断だったという。大きなチャンスをくれた彼の期待に全力で応えたい。

が、言うほどたやすくないのも事実だった。

何しろこっちは、つい先ほどまでエドガーをやっていた。この後の、エドガーとレイモンドが対話するシーンは何度も夏流と自主練を重ねたため、セリフは両方頭に入っている。とはいえ自分の中のキャラクターを急いで作り替えなければならない。

（レイモンドは――）

ヘンリーと同じ歳の、アシュトン家の使用人の息子。頭がよかったのでヘンリーと同じように学び、主家の援助を受けて一緒に大学にも行った。ルシアの家庭教師であり、かつヘンリーの秘書のような仕事もしている。レイモンドにとってヘンリーは兄弟のように親しい友人であり、絶対的な主人でもある。ルシアは妹のようなものと思っていたが、エドガーとの騒動を経て恋心を自覚する。身分ちがいであるため、彼女とレイモンドが結ばれる未来は決してない。本来は穏やかで優しい人柄だが、エドガーに対してのみ残酷な嫉妬に燃える……。

プロフィールを思い返し、自分が夏流に伝えたレイモンド像を取り戻していく。そんな中、光之介の声がふと耳に入った。

「初音くんどこか知らない？　楽屋にいないいんだけど」

「初音くんならそこに……あれ？　いない？」

スタッフとのそんな会話が聞こえてくる。ふいに胸騒ぎがした。

（ルリが姿を消したタイミングで、初音まで？）

何でもないとは思いつつ、近くを歩いてみる。しかしやはり初音の姿はなかった。

（なにやってんだ、あいつ――）

この後はルシアが夫であるアルトゥールを刺す、まさに舞台のクライマックスだ。もう袖に待機してなければならないタイミングなのに。

焦る中、ある予感に従って人気(ひとけ)のないほうへ向かう。どこへ行くにも遠まわりになるためほとんど使われない裏まわりの廊下。そこにある非常階段に近づいていくと、案の定、話し声が聞こえてきた。扉を押し開けて飛び込んでいく。

初音！　——口を開きかけたオレを、当人が目線で制してくる。

そこでは黒と白の対照的なふたりが対峙(たいじ)していた。

階段の半ばに黒いワンピースを着たルリが立ち、踊り場にいる初音を見下ろしている。初音は婚礼シーンのための真っ白い花嫁衣装を身に着けていた。その顔色もまた、真っ青を通り越して白い。

逆にルリは頬(ほお)を染めて言う。

「舞台を見てびっくりしたよ。花音が生きてたなんて思わなかった……」

「——……」

こっちとしては、は？　何言ってんの？　って感じだけど、彼女にふざけている様子はまったくない。本気でそう考えているようだ。どうするかと見守っていると、初音はひとまずその思い込みに乗ると決めたらしい。

花音を真似た優しい口調で返す。

「手首、大丈夫？　どうしてあんなことしたの……？」

ルリはちょっと恥ずかしそうに笑った。

「切るの、舞台が終わるまでガマンしようと思ったんだけど、ダメだった。あれから一ヶ月も？　花音が私の知らないところで生きてたなんて、どうしても認められなくて……」

「私の手首を切ったのもルリなの？」

「そう」

ルリは艶やかな黒髪のボブを揺らしてうなずく。

「おかしいね。花音はあの時、私だけの天使になったはずなのに……」

そう言って、彼女はこちらに、手にしていた小さなペットボトルを見せてきた。

二百㎖のペットボトルの底には、茶色い錆のようなものが三センチほど入っている。非常階段の照明は明るく、壁も手すりも階段も真っ白であるため、錆の色は異様に浮いて見える。

蒼白になった初音が震える声でうめいた。

「なに、それ……？」

「私、安心しちゃってた。花音の命、こんなにたくさん採ったから。もう私だけのものになったって思い込んでた」

カラコンを入れたルリの青い瞳が、熱を帯びて輝く。

「あの日、病院にいるって知って、心配して会いに行ったの。そしたら花音、ひとりで寝てた。私ショックだったんだよ？　あんな男はダメだって何度も言ったのに、私に隠れて付き合って、子供まで……。あんまりだよ。だまされてるって言っても、花音は私の言うこと全然信じてくれなくて、心配でたまらなくなって電話を聞いてみたら、延々あの男と赤ちゃんの話ばっかしてて、聞いてて吐き気がした。心配しすぎて私は胃に穴が開いちゃったのに、花音は毎日『ママになる前に』みたいなサイトばっかり見てた。もう他に手がないって悩んで、赤ちゃんのこと週刊誌にバラすって言ったら、アイドルを辞めるなんて言い出して、心配で私は寝ることも食べることもできなくなって、ずっとずっと苦しんだ。どうすれば花音の目を覚まさせることができるのか、どうすれば花音を幸せにできるのか、悩んで悩んで苦しかった。それなのに……病院で、花音はすやすや寝てた。天使みたいに。あの時の花音は私だけの天使だった。だから……どう考えても、他に方法はなかったの」

夢見心地の話を聞いて、初音がうめく。

「……カッターで……私の手首の動脈を切った？」

「そう。そうしたらどくどくどく流れ出して……花音はここにいるの。誰も知らない花音がここにいる。ずっと一緒……」

ルリはペットボトルを抱きしめて、うっとりとささやいた。

（それじゃあの……錆みたいの、花音の……血……？）

ぞっとして、指先まで冷たくなる。心臓だけが危険を示すようにドクドクと鳴る。身体が動かない。

　絶句して立ち尽くす男ふたりが見上げる中、ルリはバッグの中にペットボトルをしまった。そして代わりに真新しいカッターナイフを取り出す。よく見る実用的なサイズのものだ。

　彼女はカチカチと音を立てて刃を出した。

「なのにどうして生きてるの？　そんなに舞台に立ちたいの？　花音がステージ大好きなのは知ってるけど、でも！」

　叫ぶルリに聞こえないよう、オレはそっと声をかける。

「……気をつけろ……」

「うん」

　初音の横顔も緊張していた。何しろドレス姿。いつものようには動けない。ルリが暴れ出したらオレが取り押さえないと。

　が、彼女は予想外の行動に出た。長袖を肘までめくり、リストカットの跡でぼろぼろの肌を露（あらわ）にしたかと思うと、そこに三センチほど出したナイフの刃を深く突き立てたのだ。

「――……!?」

　硬直するオレたちの前で、ルリは刺した刃を手前に強く引いた。手首から肘まで、前腕がぱっくりと裂ける。こちらが声も出せない中、彼女は痛みに甲高い悲鳴を上げた。ぼたぽた滴り落ちた血が、たちまちあたりを染める。

「舞台に立つから死ねないなら、花音、私も……！」

そう叫んでカッターを投げ捨て、ルリは初音に向けてまっすぐに駆け下りていく。そして血まみれの腕で初音に抱きついた。

「私も行くから、連れてって、ねぇ。お願い。ふたりで、また同じステージに立とう……？」

「初音!?」

呼びかけると、初音はなんとかうなずく。

「だ、大丈夫……っ」

「……乙ろまで一緒に歌ってた、あの頃が最高に幸せだった！　私も花音と……また、もう一度ステージに立ちたい……！」

そう言うとルリはひとりで号泣し始める。

「ずっと、ずっと、ふたりでステージに立ちたい……!!」

何を言ってるのかわからない。マトモじゃない。そう思うのに、悲鳴にも似た叫び声に圧倒された。ナイフのように研ぎ澄まされた哀しみがザクザクと胸を刺してくる。

だが、ぼうっとしてはいられない。泣きじゃくるルリにしがみつかれた初音のドレスは、またたく間に彼女の血の色に染まっていく。

「人呼んでくる！」

我に返って走り出し、三十秒もしないうちに数名のスタッフを連れて非常階段に戻った。スタッフたちは血の飛び散る床を見たとたん、盛大な悲鳴を上げる。そしてまた別のスタッフを呼びに行く。

が、どういうわけか初音は、周囲の騒ぎにかまう様子もなくルリを抱きしめていた。

「私のこと、そんなに好き？」

「大好き……！」

嗚咽をもらしながら、ルリは子供のようにうなずいた。

「世界でいちばん好き……。自分より好き……。花音に出会ってぜんぶ変わったの。花音がいるから生きられる。花音がいなきゃムリ……」

「じゃあどうして私を殺したの？」

「一緒にいるため。じゃなきゃ皆が私から花音を奪うから！　絶対離れたくなかった！　私だけの花音でいてほしかった！」

ルリは目に涙を湛えて首を振る。

「私には花音しかいないの。……好き、……大好き。ずっと、ずーっとふたりで、ステージに立っていたかった……！」

「今幸せ？」

「うん。幸せ。だって花音がいるから……」

「……よくわかった」

初音はそう言って、虚ろに微笑む彼女から身を離す。涙でぐちゃぐちゃになった、血の気のない頬にふれ、のぞき込むようにして穏やかに微笑みかける。

「ありがとう」

その間にもスタッフはどんどん増えていく。

「誰か！　救急車呼んで！」

「初音くんは舞台！　急いで!!」

「はぁい」

ルリから離れた初音の白いドレスには、鮮やかに赤い血がべっとりと染み込んでいた。

女性スタッフからまた「ぎゃあ！」と声が上がる。

「どうしよう、洗う時間ないよ……!?」

「ルシア」の舞台では、花嫁衣装を染める血は赤いスポットライトで表現する。本来、衣装自体が汚れることはないのだが。

「いいよ。このまま出る」

初音はそう言って、うっそりと笑った。

ホリゾント幕に、アシュトン家の城の大広間が投影される。歓談し、踊り、夜通し騒ぐ招待客たちの間から、突如悲鳴が湧き起こった。夫と共に寝室に入っていったはずのルシアが、ふらふらと姿を現したためだ。

おまけに白い花嫁衣装が、重く血を吸って禍々しい色に染まっている。

二階から広間に続く大階段——緩やかにカーブする階段を、ルシアは微笑みを浮かべてゆっくりと下りてきた。

『私の夫はどこ？』

慄く招待客を見渡して、ルシアは手すりをつかんで訴える。

『私のエドガーはどこ？　戻ってきたのよ。私を食らってあなたから引き離そうとする怖ろしい敵から逃れてきたの。私は負けなかった。ほら天上の音楽が聞こえるわ。私たちの勝利を祝っている。あぁ！　私たち結婚するのね！　私は今、ようやくあなたのものになる。エドガー。エドガー、どこ？　姿を見せて！』

笑顔で高らかに叫ぶルシアの姿に、大広間が静まり返る。レイモンドも言葉を失って立ち尽くす。そこにヘンリーが帰ってくる。とたん、ルシアはそちらに向けて身を乗り出した。

『エドガー！　戻ってきてくれたのね！』

驚いて見上げる兄の目の前で、ルシアは階段の手すりを越えて落下してしまう。床にたたきつけられた彼女は立ち上がることができず、凍りつくヘンリーの足下まで、微笑みながら這い進む。

『エドガー、どうか許して……。誓うわ。あなただけを愛しています。あなただけを……！』

我に返ったヘンリーは妹に近づき、震える手で抱きしめる。ルシアはうっとりと兄を見上げ『エドガー』とささやく。愛する男に抱かれる幻想の中で息絶えた妹を抱きしめ、ヘンリーは慟哭する。

その横でレイモンドもまた目頭を押さえる。何もかも復讐を企んだエドガーのせい。ヘンリーはただ愛する妹を彼の魔手から守ろうとしただけ。エドガーさえ現れなければ、兄妹はこの先も幸せに生き続けただろうに。

兄妹の悲劇を目の当たりにしたレイモンドの胸に、激しい憎悪が燃え立っていく――

舞台が暗転した後、オレはすばやく舞台袖にはけた。しかしまたすぐに出番があるため、その場に待機する。背後で加瀬さんの声が聞こえた。

「初音、よかったぞ！」

本番中のため大きな声は出せないものの、スタッフたちの空気が興奮で熱くなっているのを感じる。

そのくらい今の初音はよかった。セリフや基本の動きはこれまでと変わらない。しかし演技はまるで別物だった。情熱的で、異様で、そして哀れなルシアを、生々しく見る者に突きつけた。物語のクライマックスは、まちがいなくこれまでよりも進化していた。

そんな高揚を背中で感じつつ、オレはオレで舞台に出て行くタイミングを計る。

（こっちはいよいよ――）

問題のぶっつけ本番ラストだ。気を引き締める。

明かりのついた舞台上には、今は墓場が広がっていた。ヘンリーとエドガーが決闘を約束した場所だ。

その墓のひとつに夏流が腰かけている。本当なら落ち着きなくうろうろと歩き回っていたはずの場面だ。が、ややうつむき加減に床を見る姿からは、決闘前のひりつくような緊張が伝わってくる。

（よし――）

レイモンドの顔になり、オレは舞台上へ出て行った。

ルシアの死と、そのせいでヘンリーが半狂乱になったことをエドガーに伝え、拳銃を抜く。

『けだものめ！　なぜ彼女に近づいた！　あの純粋な人を、よくも復讐の汚らわしい毒牙にかけたな！』

『……おまえたちの幸せを壊したのは俺じゃない』

ルシアの死に打ちのめされたエドガーは、自らも死を願い、レイモンドを挑発する。

『おまえたち自身の憎しみだ。喪失と恥辱の中で生きるがいい。かつて俺が父を失った時のように……！』

静かに淡々と呪いの言葉を吐き、激昂したレイモンドに自分を撃たせようとする。それでもレイモンドがためらうと、エドガーは相手に銃口を向けて引き金に指をかける。そこでようやくレイモンドが彼を撃つ――そういう段取りだった。

が。

（まずい。場所が――）

墓場のセットは本来背景であるため、やや奥まったところに置かれている。そこに座っているエドガーを撃った場合、倒れた彼との芝居が、ずっと舞台の奥で展開されることになってしまう。それは避けたい。

舞台の前に出なければ、観客に見せ場の盛り上がりが伝わらない。

（どうする……？）

意識の端でそんなことを考えながらエドガーの反応を待つ。……が。

「――……」

エドガーはこちらを睨み据えたまま黙ってしまった。

（え……もしかして……）

嫌な予感と共にしばし待つも、やはりエドガーはくちびるを引き結んだまま。

（セリフが抜けた……!?）

ずっとレイモンドの稽古をやってきたせいか。あるいは冷やしてテーピングしただけの足の痛みのせいか。はたまた下がっていない熱のせいか。夏流はセリフを忘れてしまったようだ。おまけに一度忘れると焦ってしまい、なかなか出てこないのがセリフというもの。

（くそ……！）

大きく息を吸った。そしてエドガーの襟元をつかんで立たせる。

『アシュトン家の幸せを壊したのがおまえでないだと!?　ならば誰だというのだ！』

アドリブだ。どこかで台本に戻すため、頭をフル回転させながらもセリフを紡いでいく。

『おまえだ！　何もかもお前のせいだ！　おまえがルシアを誑かした！　彼女に兄を裏切らせた！　おまえが現れなければこんなことにはならなかった！』

怒鳴りながら、セリフの間で「舞台の前に出たい」とすばやく夏流にささやく。と、夏流はちらりとそちらを見た。通じたようだ。

『何もかもお前のせいだ!!』

大声で叫び、相手の襟をつかんだまま舞台前方へ引きずっていく。

『手を放せ！』

夏流もまた怪我をしていないほうの足で床を蹴って、オレに体当たりする形で床に押し倒してきた。ふたりして倒れ込み、そのまま『なにを！』『この！』『黙れ！』と揉み合う素振りで上になり下になり、ゴロゴロと舞台上を転がって何とか前へ出て行く。

ちょうどいいところまで来ると、夏流がこっちに馬乗りになる形で見下ろしてきた。エドガーが口を開く。これで台本に戻る、と思いきや。

『おまえたちが俺を憎んだ！　復讐を恐れて俺との和解を拒んだ！　ルシアをだまして、望まぬ結婚を無理強いしたんじゃないか！』

（セリフが！　セリフが全然ちがう!!）

思い出せなくて開き直ったらしい。こうなったら台本なしの即興だ。

押さえつけられながら、オレも左手でエドガーの衣服をつかむ。

『そうとも！　私が残酷な計画をヘンリーに吹き込んだ！　私が最も彼女を傷つけ、深く打ちのめした！　他の結婚を受け入れるしかないところへ彼女を追い込んだ！　彼女は私を信じてくれていたのに……！』

とっさに花音の顔がフラッシュバックする。何度も電話をくれたのに。それを無視した。あの時電話を取っていれば。彼女の話を聞いていれば。何かが変わっていたかもしれない。

あの日からずっと、そんな後悔に苛まれている――

湧き出した感情と共に、ぼろぼろ涙があふれ出してきた。手で顔を覆う。

『すまない……。すまない、ルシア。何もかも私のせいだ……！』

レイモンドの本音がぽろりともれる。

（いい場面になった――）

高揚する頭のどこかでそう感じた。見なくてもわかる。客席は今、レイモンドの恋情ゆえの苦悩と悔恨に心をつかまれている。息を詰めてこの場面に見入っている。

が、悦に入った瞬間、ハッとする。

（しまった――）

これだとエドガーと撃ち合いにならない。どうする？　どうする？　どうする？

（落ち着け……！）

頭をフル回転させて考えた末、顔を覆った手のひらの、指の間から目線で、そして声を出さずに口で「怒れ」と伝えた。

夏流は『ふ、ふざけるな！』と声を張り上げる。

『ルシアを返せ！　返せ！　返してくれ！』

怒鳴りながら、レイモンドの胸の上でうずくまる。

『彼女は俺と幸せになるはずだったんだ……！』

そんなエドガーが、ゆっくりと身を起こす。その胸に、レイモンドが銃を突きつけている。銃口に押されるようにして身を離すエドガーと、レイモンドが見つめ合い――わずかな間、互いの中の悲しみを見つめ合い、やがてレイモンドがつぶやく。

『ルシア、送るよ。君のもとへ』

オレはその言葉に憧憬の気持ちを乗せた。

次の瞬間、パァン！　と銃声が響き、エドガーが弾かれたように後ろに倒れる。舞台が暗転する。

台本とかけ離れた即興芝居にもきっちり応えてくれた音響スタッフと照明スタッフに心の中で喝采を送りながら、すばやく舞台袖にはけた。

渾身の仕事をした。そんな手応えと共に袖幕に走り込んでいくと、そこには腕組みをして怖い顔の加瀬さんが待ち構えていた。

「おい」と低い声で呼び止めてくる。そりゃそうだ。あまりにも本来の台本から変わってしまった。

とっさに両手を合わせて拝む仕草で頭を下げる。

「すみません！　夏流がセリフ忘れたのにつられて、つい……」

それから顔を上げて、にやりと笑った。

「……でもよかったでしょ？」

と、加瀬さんはおもしろくなさそうな顔で、ちっと舌打ちをする。

「やりすぎなんだよ」

「それって誉め言葉？」

加瀬さんはますます渋面になり、こっちの両肩をつかんで「調子に乗んな！」と前後に揺さぶってきた。しかしその後、両肩をつかんだまま、こちらの顔をのぞき込んでくる。

「おまえがいてくれてよかった。じゃなきゃダメになってた」

「――……」

力強く肩をたたいた後、加瀬さんは再び舞台へ向き直る。

その背後で、痺れるような感動に浸った。

（やった――）

ぐわっとこみ上げた熱い興奮が胸を灼く。

（やったぞ！　やった……！）

加瀬藤吾にここまで評価された。それは今後につながると考えていいはずだ。

これからも大きな舞台に立つためのチャンスを得た。

（よっしゃぁぁぁー!!）

歓喜を胸に、手に取ったペットボトルの水をぐびぐび飲んで、派手にむせてしまう。とたん、周囲から「しー！」と叱責が飛んできた。

振り返れば、明かりのついた舞台上にはアシュトン家の城の大広間が広がっている。

大勢の招待客の映像の中で、どこから引っ張り出してきたのか、先ほどとはデザインのちがう純白のドレスを身につけたルシアがエドガーを起こしている。

『やっと見つけた、私のエドガー。この美しい場所を見て！』

そこはルシアの死後の世界。彼女とエドガーの結婚式の披露宴。彼女にとって完璧な天国だ。

集まった客もふたりを祝福している。皆の拍手の中、ふたりは楽しげに踊り始める。

――本当はワルツのはずだったが、足のことがあるため、エドガーは立ったまま。彼と両手をつないだルシアが、周りをぐるぐる回る形でそれっぽく表現している。

ふたりがひしと抱きしめ合い、結ばれたところで幕が下りた。

初音の肩を借りて、片足を引きずった夏流が舞台袖に戻ってくる。そこに用意された椅子にくずおれるように腰を下ろすや、頭を抱えて何かブツブツ言った。

「ムリ……もうムリ……ほんとムリ……！　完全にセリフ飛んじゃって怖かったぁぁぁ……!!」

「おい――」

頭を抱える夏流の両手をつかみ、力まかせに広げる。

「おまえ、よくも無茶苦茶やってくれたな！」

「ごめん！　でも粋なら何とかしてくれると思って……！」

夏流は半泣きで見上げてきた。その手は本当に震えている。本気で怖かったようだ。

「粋がいなかったら泣いて逃げてたかも……！」

「し、しおらしいこと言ったってムダだぞ！」

そう返しながらも大いに自尊心がくすぐられる。そこで、「はい、出て出て！」とスタッフの声が響いた。幕が再び上がったのだ。

カーテンコールの順番は、演じる役柄によって決まる。まずはアンサンブルたち、続いて千堂（せんどう）さんと有川（ありかわ）さん、光之介が出て行く。その後にオレが袖から舞台へ歩き出す。――と、急に拍手が大きくなった。驚いて思わず足を止める。昨日まではこんなことはなかったのに。

（何だ？）

一瞬そう考え、すぐにラストシーンへの拍手だと思い至った。即興のラストを観客が認めてくれたのだ。

誇らしい気持ちと共に舞台中央へ歩いていった。前に出て深く頭を下げたところ、拍手はますます大きくなる。自分自身として万雷の拍手を受ける――ひとつ、夢がかなった。

その後に佳史と、その肩を借りた夏流が出てくる。

片足を引きずる夏流の姿を目にしたとたん、観客がいっせいに立ち上がり始めた。まだそのタイミングではないというのに、座席を上げる音が無数に響く。予想外のスタンディングオベーションは、事故があったにもかかわらず、最後まで演じきった姿勢に対してか。

そして最後に初音が姿を現すと、拍手が最も大きくなった。舞台上にいた共演者たちも惜しみない拍手を捧げる。

昨日までとちがい、初音は心からの笑顔を浮かべ、胸に手を当てて「ありがとうございました」と口を動かす。そして顔を上げたとたん——彼は声を上げて泣き出した。

第八幕

「ちがう！　ちがくて！　今日初めて、自分でもこれでいいんじゃないかって思える芝居ができたの！　そしたらなんか、挨拶が終わったとたんにホッとして、急に色々こみ上げてきちゃったんだってば！」

粋の肩に顔を埋めたまま、初音くんがくぐもった声を張り上げる。

結局、舞台上で涙が止まらなくなった初音くんを、共演者兼友人代表で粋がハグして顔を隠してやり、そのままふたりで袖に引っ込んだのだ。客の拍手は、それはそれは熱のこもったものになった。おまけに初音くんの姿が見えなくなった今もまだ続いている。

「だって今までずっと泣いてる暇なかったからさ。それどころじゃなかったし。だから……だからずっと、泣くのは後にしようって思ってて、でもその自制が、あの時にパーンと弾けちゃったっていうか……」

「わかってるよ」

「くそ！　何だよこれ……！」

皆の見ている前で泣いてしまったのが恥ずかしいのか。粋にひしっとしがみついたまま、初音くんは鼻声で毒づく。

周りを囲んでいた共演者たちが口々に声をかけた。

「まあまぁ。プラスにとらえようよ！　お客さんのハートを鷲づかんでたみたいだし」

「そうそう。絶対これ話題になるし、イメージも人気も上がるはず」

「実際もらい泣きしてたお客さん、多かったぞ」

「私も思いっきりもらい泣いたよ！」

なぐさめる周囲に、初音くんは「ああいうハートのつかみ方はボクの美学に反する！」とわけのわからない反論をしている。

ちなみに粋は、その間ずっと抱きしめる手で初音くんの背中をぽんぽんたたいていた。そういうことをするからなかなか離れないのだ。

さりげなく、さりげなくと思いつつ、自分の喉から冷たい声がもれる。

「お客さんの拍手が続いてるし、初音くんはもう一度舞台に出て最後の挨拶をしたほうがいいんじゃないかな？」

と、近くにいた制作スタッフが「いいと思います！」と手をたたいた。

「まず初音くんと夏流くんに出てもらって、その後みんなで――」

手早く指示しようとしたスタッフに、俺はがちがちにテーピングされた片足を上げてみせる。

「でも俺、こんなだし」

「あ……そうですよね！　夏流くんは無理しないでください。後のみんなで――」

「粋も本当に頭打ってないか、なるはやで病院行って検査しないと」

あまりにも心配である。

こちらの言葉ににじむ何かに気圧されたように、スタッフは小さくうなずいた。

「ええと、じゃあ……初音くんの後、夏流くんと粋くん以外のみんなで出るのはどうですか……？」

「え!?　オレ出れますけど！」

食い下がろうとする粋に、姿を見せた藤吾が指示を出してくる。

「落ちたふたりは着替えてすぐ病院！」

「オレ出れますけど！」

「病院で検査して問題なければ、明日から好きなだけ出してやるから」

粋の抵抗を適当にあしらい、藤吾は他の役者たちに声をかけていく。

粋は「なんだよ！」とくちびるを尖らせた。

「粋、うちの車で一緒に行けるから……」

「おまえなぁ！　でっかい舞台のカーテンコールって何度でも出たいだろ!?」

「脚がこんなじゃなければ、まぁ……」

当たり前だが、足首は今もひどく痛む。おまけにそのせいか、あるいは粋が言わなかっただけなのか、熱もあるようだ。頭がフラフラする。

粋はさすがにそれ以上の文句を呑み込んだ。

「だよな。悪い……」

「粋のせいじゃない。元に戻れてよかったし……うわ、えええっ!?」

いきなり粋が俺の右肩を担ぐ形で立たせてくる。楽屋まで連れて行ってくれるつもりのようだ。が、だがしかし!

(入れ替わりが解消したおかげで……粋が粋の顔してるから……!!)

「ルシア」の稽古が始まるまで、ずっと遠くから壁のように、時に空気のように、彼の視界に入らない形で憧れてきた相手が、いきなり目の前に現れて肩を組んでくるのだ。これが動揺せずにいられるか! いや、いられない! 反語! 粋が自分の顔だった時はまだ何とか平静を保っていられたが、外見も中身も本人というのでは——

フラフラな頭が混乱で真っ白になった俺を、粋は顔をしかめて一喝した。

「耳元でさわぐな!」

(はい!)

ぴたりと口を閉ざす。そのまま、なるべく右に体重をかけないようにして楽屋へ歩き出した。

「間宮ルリは、結果として初音を振っ切らせてくれたみたいだな」

「——……」

粋がぽつりとつぶやく。

聞くところによると、ルリは美園さんに強く憧れるあまり、自分だけのものにしたいと思いつめて怖ろしい事件を起こしたらしい。初音くんは目の当たりにした彼女の感情を、そのまま演技に反映させた。

　クライマックスシーンの盛り上がりを思い出しながら、そっと口を開く。

「初音くんが納得のいく答えを見つけられてよかったね」

「あぁ。それに、やっといつものあいつに戻ったみたいだし」

「いつもの？」

「花音の件があってから、普段通りに振る舞おうとずっと気を張ってた感じだったから、気になってたんだ。でも泣いた後は力が抜けて、自然な雰囲気に戻ってた」

　肩を組んで歩く粋は前を向いている。どこか優しい横顔からは、幼なじみを本気で心配していたことが伝わってきた。

　彼の心の中に住んでいる初音くんがうらやましい。そしてファンとしては、粋の大事な友達を受け入れなければならない。それは重々承知しているが……。

（なぜだろう。うまくやれる気がしない……）

　これまで見てきた限り、初音くんは非常に甘え上手な性格のようだ。自分と正反対である。

（いや、なるべく人と関わって観察しないと！　初音くんとも……）

　少なくともこちらから壁を作らないほうがいいと、粋の振りをした一ヶ月で学んだ。彼はいつも自分に価値のあるものを与えてくれる。

（誰かに強く憧れる気持ちに、俺は支えられてきた。前向きにしてもらってきた）

記憶の中で、じっと自分を見つめてくるルリの青い瞳にそう告げる。彼女の何よりの不幸は、推しが幸せになるのを喜べなかったこと。自分と同じ時代に生まれ、視界に入る場所で輝いていて、自分の人生を照らしてくれる奇跡に感謝するべきだったのに。

それだけでは満足できなかった。悲劇はその結果だ。

「香乃（こうの）さん、お疲れ様です！　中へどうぞ！」

夏流の楽屋の前まで来ると、待ち構えていた男性の事務所スタッフがドアを開けた。

粋は運んできた俺を室内の椅子（いす）に座らせ、「じゃ、後で迎えに来るから！」と言い残して自分の楽屋に戻っていく。彼は光之介（こうのすけ）や佳史（よしふみ）と、三人でひとつの部屋を使っているのだ。

気の利く事務所スタッフは、バケツ一杯の氷水を用意してくれていた。それで足を冷やしながら、俺は座ったまま、手を借りて衣装を脱いでいく。

私服に着替える前に、汗拭きシートをあるだけ使って汗だくの身体（からだ）を拭き、さらに制汗スプレーをたっぷり吹きかけていると、スタッフが笑みまじりに言った。

「なんか、デートの前みたいに念入りですね？」

「……病院に行くし」

粋に運ばれるし。

「なるほど、白衣の天使が大勢いる場所ですしね！」

訳知り顔で相づちを打ちつつ手早くメイクを落としてくれたスタッフは、楽屋中に散っていた荷物もあっという間にまとめてしまう。さらに、大きな荷物を抱えた粋が戻ってきた時、「自分が車まで同行しましょうか？」とさわやかな笑顔で申し出てくれた。

（粋の重荷になるくらいなら、そのほうが!?）

と気持ちが傾きかけたものの、「オレがいるし、いいよな？」という粋のなにげない答えに心がメロメロになり、涙を浮かべて昇天しつつ事務所スタッフの申し出を辞退する。

「じゃ、お先でーす！」

廊下に出た粋は、そこにいるスタッフたちに元気に声をかけた。

肩を借りて運ばれながら、俺も頭を下げる。通用口に向かう廊下には、制作会社の社員らと立ち話をする萌子（もえこ）さんの姿があった。

社員は興奮した口調で話している。

「今日の舞台、めちゃくちゃお客さんの反応よかったみたいですよ！」

事故が起き、想定外の休憩が入ったにもかかわらず、批判的な意見はほとんどなかったようだ。ＳＮＳには怪我を心配する声や、「すごいものを見た」と感動のコメントが並んでいるという。

特に最後のエドガーとレイモンドの対決シーンについては、すでに初日から四日目にかけて観に来ていた観客からも絶賛の声が多数上がっているらしい。

だがしかし。

ふたりで思いきり台本を無視してしまった上に、粋に至ってはセリフのみならず、原作でのレイモンドの解釈まで変えてしまった。

よって、あのラストシーンは一日限りのものになる。

「加瀬さんは立つ瀬なかった感じですけど」

「完全に粋くんに持ってかれちゃってましたもんね」

制作会社の社員たちのコメントに、俺たちの姿に気づいた萌子さんはそつのない笑顔を浮かべた。

「なにはともあれ今日もうちの夏流くん最っ高にカッコよかったですよね！　じゃ、失礼しまーす」

お辞儀をしつつさっさと離れてこちらに合流する。通用口へと先導しながら彼女は振り返った。

「だそうです。聞こえました？」

問いに力いっぱいうなずく。

セリフを忘れた時はどうなることかと思ったけど、粋のおかげで何とかなった。即興で、作品を壊さない形であそこまでできちゃうなんて本当にすごい。ファンとしての誇らしさをしみじみ噛みしめて言うと、粋はくすぐったそうに笑った。

「それはどーも」

「もちろん粋くんの演技に即座に合わせた夏流くんのカッコよさも評価に関わっていると思いますけどね！」

　無駄に張り合った萌子さんは、劇場の通用口まで来たところで、カバンから帽子を取り出し、俺に目深にかぶせてきた。

「ファンクラブで出待ち禁止って言ってありますので、誰もいないと思いますけど……」

「うん」

　念のためマスクもつけ、粋の肩を借りて劇場から出て行くと、ファンと思われる女性がふたり、堂々と通用口脇で待っていた。が、萌子さんが口を開く前に、粋が「あ」と言う。向こうも気軽な調子で手を振ってきた。

「粋くんだ！」

　ふたりは、いつも小劇場の舞台を見に来ている演劇ファンだ。顔だけは知っている。全通するほどではないものの、どの公演も必ず一回は見る程度に粋のことを応援していた。よって「ルシア」も観に来てくれたらしい。

　当然、粋は無下にできないのだろう。足を止めつつ声をかける。

「ごめんだけどここ、出待ち禁止なんだって」

「たまたま通りかかったんでーす」

「レイモンドよかったよ！　また観に来るね！」

「おー、ありがと！　待ってる！」

手を振ってくる女性たちに笑顔で返し、粋が再び歩き出した時、女性のひとりがふとこっちに気づいて指をさしてくる。

「あ、後方彼氏！」

（うっ……！）

心臓がぎくりとこわばる。すぐ目の前に停めてあった車のドアを開け、俺は足の痛みもかまわずひとりで勝手に乗り込んでしまった。

粋は女性たちに訊き返している。

「何だよ、後方彼氏って」

「その人、前から粋くんの舞台を観に行くとわりと高確率で遭遇するから」

「……は？」

「いつも舞台が始まる直前にすーっと入ってきて、一番後ろの目立たない席で観て、終わったらさっさと帰ってたから」

ついたあだ名が後方彼氏。いつも帽子を目深にかぶってサングラスとマスクで顔を隠した謎の人。懇切丁寧に説明する声を聞きながら、穴があったら入りたい気分になる。

女性たちに礼を言って手を振りながら、粋も乗り込んでくる。

「――……」

病院へ向かう車の中は、会話の少ない大変微妙な空気だった。粋はずっと窓の外を向いていて、他愛ない萌子さんのおしゃべりだけが響く。

病院に到着し、ふたりで廊下で待っている時、粋が口を開いた。

「おまえオレの舞台、いつも観に来てたの？」

「……………」

「どうなんだよ」

「……うん」

そういえばすっかり言いそびれていた。いまさら思い出しながら、言い訳がましくもそもそとつけ足す。

「でも別に粋のだけってわけじゃなくて、昔から藤吾にタダ券もらってたから他にも色々……」

「あ、そうか。そういうことか！」

得心がいったように、すっきりした顔でうなずく粋の横で、気づけば「でも！」と声を張り上げていた。

「他にも色々観る機会あったけど、やっぱ粋の芝居が一番おもしろかったから、俺にとっては、ずっと特別だったっていうか……」

にわかに湧き上がる緊張に震えそうになる手を、ぎゅっとにぎりしめる。

「……覚えてないだろうけど、ずっと前、粋と話したこともあって……」

「覚えてるよ」

「え？」

「よかった、って言いに来てくれた。同い年くらいで、えらい顔がよかったから覚えてる」

「………………」

（六年も前のことなのに!?）

驚きに目を丸くしてしまう。そしてふと、粋の舞台を何度も観に行ったと言いそびれていた理由を思い出した。「ルシア」の制作発表で顔を合わせて以来、粋の態度が自分に対してだけ悪かったせいだ。

「制作発表で挨拶した時、久しぶりに話せて俺はうれしかったけど、粋はなんか冷たかったよね」

「そうだっけ？」

「『ぬるい仕事しやがって』って言われた……」

あの時のショックを思い出すと、いまだに涙が出そうになる。が。粋は眉根を寄せた。

「え？　そんなこと言った？」

「言った！」

間髪を容れずに返す。

「他の人とは親しく話してるのに、俺と話す時は刺々しかった！」

「そんなことは……」

「だから美園さんに電話して、相談した」

「は？」

今度は粋が大きな声を出す。

「前の晩にふたりで会ってたのって、そんなことのため!?」

「俺にとってはそんな、い、いいことじゃない。台本読みの時もケンカっぽくなったし……」

だから美園さんに会って、粋と仲直りする方法、親しくなるコツなどを訊いた。彼女は、稽古に真剣に取り組む姿を見せるのが一番だと答えた。

「あと、自分がいる時は仲立ちするとも言ってくれた……」

「あのさ、勘違いかもだけど……もしかしておまえ、オレのファン？」

おずおずと粋が訊ねてくるのへ、心の中で（今!?）と返した。尊敬しているということは隠していなかったつもりだが。常にリスペクトな言動をしていたつもりだが。まさか伝わっていなかったとは！

「――……」

だが、その時。初音の『男から絶賛リスペクトされてもビミョーっていうかぁ〜』発言が脳裏をよぎる。「そうだけど」と言おうとした声が喉の奥で詰まる。

代わりにロボットのように感情のこもらない返答が出てきた。

「全っ然!!」

「………」

再びその場の空気が言葉にしがたいものになる。

(またやってしまった……!)

ここまではっきり否定する必要があったか? なぜもう少しマイルドな反応ができなかったのか……。心の中で頭を抱えて悶えているうち、松葉杖を手にした看護師が現れる。

「香乃さーん。お待たせしました。こちらへどうぞ」

松葉杖を受け取ると、修復しがたい空気から逃れるように立ち上がり、看護師の後をついて歩き出す。

その背中で、なにげない粋のつぶやきが聞こえた。

「オレはおまえがうらやましいからよ」

※

あれは中学生の頃。いつものように藤吾からもらったタダ券で、ふらりと芝居を観に行った。

藤吾の知り合いが主宰する商業劇団だ。定期的に公演を打っており、評価も高かったものの、小劇場の舞台は尖っている分、当たり外れが大きい。よってさほど期待はしていなかった。

だが予想に反し、そこで演者のひとりに目を奪われた。

鬼の役だ。能面のように美しい無表情は、見ているだけでそわそわと落ち着かない気分になった。小劇場の閉鎖的な舞台を、ひどく不気味な存在感で満たしている。その役者は自分と同じ年頃の少年だった。

（この劇団にあんな人いた……？）

チラシには目を通したつもりだが、見逃したようだ。

ストーリーは鬼をめぐって争う村の物語だった。愛憎入り乱れる人間たちのドラマがメインだが、その核となる重要な役を少年は見事に演じきっていた。時に大人たちをしのぐほどに。

派手な芝居があったわけではない。決め台詞のようなものもなかった。だが鬼が現れるたびに舞台の空気が冷え、緊張に満たされた。

物語を通して終始無表情だった鬼は最後、人間たちが死に絶えた後に一度だけ笑う。その微笑みの壮絶だったこと。まるで異界の生き物と目が合ったように感じ、薄寒さに全身が震えた。

しかし芝居が終わり、挨拶の段になると、少年は一転して年相応の明るい笑顔を見せていた。夢から覚めたような心地になり、彼の芝居によって虚構の世界に引き込まれていたことに気づいた。

脚本もよかった。だが何より、少年の演技に痺れた。見終わった後もなお興奮に胸が騒いだ。

チラシを確認するも、劇団員の顔写真のなかに少年のものはなく、下に「鬼／鷹山粋（客演）」と書かれているだけ。

いてもたってもいられず裏に向かった。本来、知らない人ばかりの場所へ入るのは大の苦手だったが、その時は人見知りも忘れ、熱に浮かされたように楽屋へ飛び込み、「鷹山粋くんは⁉」と訊ねた。「もう帰ったみたい」と言われ、あわてて劇場の出口に向かった。

それでも少年を見つけることはできなかった。

傍で観客らしき人が電話をしていたため、藁にもすがる思いで声をかける。

「あっ……あの、鬼役の人って帰っちゃいました？」

と、相手は小首を傾げて返してきた。

「鬼役ならオレだけど」

「え？」

キャップをかぶっていたために気づかなかったが、相手はよく見ると探していた当の相手だった。

メイクがないと驚くほど顔の印象が異なる。何というか……目立たない。

が、とにかくいきなり本人を目の前にした衝撃から、極度の人見知りが発動してしまう。

「あっ、よっ、よよよかったです！　すごく、すごくすごかった……っ」

緊張しすぎてわけがわからなくなる。そんな夏流をじっと見つめ、少年はふと微笑んだ。

「ありがとう」

その微笑みは鬼だった時と異なり、ごくごく明るい、人懐こいもの。

その後何年も、ひとりの俳優を追いかけることになる――初めの一歩だった。

※

（思えばあの時から、あいつの顔の良さは際立ってた……。ひと目見て俳優向きだと思ったし、努力しなくても注目を浴びられるだろうなって想像ついた……）

公演の千秋楽を無事に乗り切り、打ち上げで騒ぎに騒いで解散した翌日。

オレは久しぶりに六畳一間の自分のアパートに戻った。日中はバイトで忙しく過ごしたが、夜は稽古も約束もない。スーパーで買い物をして、ほんのちょっとのつもりでフローリングの上でごろんと横になったら最後、もう起きられなくなる。

スマホで「ルシア」の記事を読みながら、病院で夏流が話していた、自分たちの本当の初対面についてつらつらと思い返す。

あの舞台は……確か六年前。声をかけてきた夏流の身長は、まだ今ほど高くなかった。しかしモデルみたいにスラッとしたイケメンだったことに変わりはなく、「わーオレもこの十分の一でいいから顔の良さがほしいなー」と思いつつ礼を言った。翌日そのイケメンが加瀬さんの甥だと知って庶民的な羨望を覚えた。加瀬さんの実家が太いのは有名だったから。

皆がほしがるものをすべて備えている人間って、やっぱりいるんだ。

三日後には忘れてしまったその羨望を思い出したのは、二年前、街頭の巨大広告の中に当の顔を見つけてから。調べなくても、業界にいればいやでも耳に入ってきた。希代の若手演出家の甥として、大手の事務所にスカウトされ、事務所をあげて大プッシュされている新人俳優……。

（あげく再会した時くそ偉そうだったし……嫌味のひとつももれたって仕方ないよな……）

まさかあの高圧的で無愛想な態度が、すべて緊張と人見知りの産物とは思わないではないか。

てっきり生まれと財力と事務所の力と大物の甥って立場が、世を渡る上でいかに有利か気づき、そうでない人間を見下して舐めくさるようになったと考えた。仕事とはいえ関わるのが本当に癪だった。

（でも……）

今後はおそらく、あんな誤解は生まれない。

「ルシア」の舞台での経験を通して夏流は驚くほど成長した。人に関心を持ち、交流することを覚えた。まだまだぎこちないが根はマジメだし、今後味方を増やしていくだろう。

事故の直後、皆に深く頭を下げた姿を思い出す。

あの時、スタッフも共演者も、気難しくて独りよがりという夏流のイメージを改めただろう。彼のためにがんばろうと考えたはずだ。そうやって皆の気持ちをひとつにする行動が取れるようになった。

（うん。やっぱオレのことなんか眼中にないか……）

何度か舞台を観てくれた、というだけで浮かれた自分が恥ずかしい。夏流があまりに褒めてくるものだから、つい勘違いをしてしまった。単に先輩を立ててくれたのだろう。

でもこの先、夏流の背中は遠ざかる一方。あの見た目で、実力とコミュニケーション能力がつけば無敵だ。あいつはどんどん売れていき、オレは初舞台の共演者でしかなくなる。

そもそも入れ替わりなどという奇妙な事態について、夏流は早く忘れたいだろう。もしかしたら今後、オレを避けることも考えられる。

（オレだってあんま思い出したくないし。元に戻れてせいせいしたしな！）

威勢よくそう考えながらも、フローリングに貼りついてしまったかのように、全身に力が入らない。

起きなければ。

今すぐ起きて食事を作らなければ。自分の好物を作って、大きな仕事を無事にこなしたセルフ祝いをしよう。肉多めの五目あんかけ焼きそばとチンジャオロース。それに梅サワー。

空腹を満たして、次の仕事のことを考えよう。今からできる準備をしておこう。日課の筋トレや柔軟体操も忘れてはならない。だが……やることはたくさん思いつくものの、なかなか気力が湧いてこない。

身体が動かない――

《わかるよ》
傍ら（かたわ）で花音の気配がした。
《私も成功してる子、すっごいうらやましかったもん！》
あっけらかんとした言葉に顔をしかめる。
全国区のアイドルグループで主要メンバーだったやつが何を言ってるんだ。
《でも私、子役の頃は売れなかったじゃない？　いやホント売れてなかったよ。我ながら個性も演技力もなかったもん。かわいい女の子なんて星の数ほどいたし。コンスタントに仕事してる粋をいつもうらやましく思ってた》
「――……」
傍らを見上げると、花音もこちらを見下ろしている。……微妙に透けて見えるとはいえ。
《人ってさ、どうしてか良いことより、悪いことのほうが記憶に残りやすいし、ふと心が空っぽになった時、悪いほうに考えがちだよね。私もそうだからすごくわかる。でも思い出して。「ルシア」やっててうれしかったこと、あるでしょ？》
（あぁ……）
優しく促（うなが）す言葉に、ささくれ立っていた心がなだめられる。うれしい記憶なら……もちろんある。
〝夏流〟としてとはいえ、生まれて初めて、ひとりで舞台の最前に立って、拍手を受けた。

それだけでも充分感動した。

なのに公演五日目、事故があった日のカーテンコールで、今度は自分自身として万雷の拍手を受けた。オレが舞台に出た瞬間、急に拍手が大きくなって、驚いて思わず足を止めてしまった。何かあったのかと見まわして、拍手がまちがいなく自分に――芝居が途中で途切れるのを何とか防いだレイモンドに向けられたものとわかって、天にも昇るような気分になった。

そしてその後に加瀬さんからかけられた言葉。

『おまえがいてくれてよかった。じゃなきゃダメになってた』

「――……」

目頭が熱くなる。そう、あの瞬間、長いことオレに目もくれなかった世界に認められたと感じた。

何年もずっと何の保証もなく、無駄かもしれないと思いながら、辞められないってだけで続けてきたことが、決してまちがいではなかったと思えた。

花音の声が降ってくる。

《その思い出を大事にして。いつも一番に思い出して。――私への供養だと思って。

ね？》

「おまっ……」

　思わず目頭に手の甲を置いた。

「泣かすなよ……！」

　照れまじりの抗議には、くすくす笑いが返ってくる。

　あの夜も――花音が死んだ日の夜も、こうして会いに来てくれたんだな。夢かと思ってたけど……。

《色々ありがとう、粋。大好きだよ。初音にも伝えておいて。あいつ霊感ゼロなんだもん……》

　親しみのこもったぼやき声が少しずつ離れていく。これで最後なのだとわかった。彼女の声を聞くのは、きっとこれが最後――

《あ、そうそう。夏流くん、ガチレベルで粋を推してるから。自信持って！》

　ヴー、ヴー、ヴー。

　スマホが着信を伝える音に、ハッと目を覚ました。うたた寝していたようだ。

　傍に転がっている荷物に手をつっこみ、手探りでスマホを探す。

そういえば結局あの入れ替わりは何だったんだ？　夏流の相談を受けた花音が、死ぬ前に強硬手段でオレに伝えようとした感じ？　まぁいいか。

探し当てた画面に表示された名前は夏流だった。電話を取って、「おぅ」とこっちが応じるのも待てない勢いで藪から棒に切り出してくる。

『あの俺さっき思いついたんだけど！　美園さんが最後の夜に電話をしたのって、粋だけだったのかな？　他には誰もいなかったのかな？　って』

「あぁ……、初音からはそう聞いたけど……」

花音のスマホは暗証番号入力だったからオレは開けなかった。初音からは、最後に発信履歴に残っていたのはオレだったたって聞いた。そう説明をするも、夏流はさらに言い募る。

『通話アプリとかは？』

「あ」

『って思いついて、初音くんに訊いてみたんだ。そうしたら美園さんは、大輝くんとだけゲーマー向けの特別なアプリを使ってやり取りしてたらしくて、開いて確認してみたら、粋よりも後に大輝くんに電話してたってわかって――』

「……え？」

『初音くんも気がついてなかったみたいで、その場で大輝くんに電話をして訊いてくれたんだ。最後に美園さんとどんな話をしたのかって。そうしたら「粋に電話をしたけど出てくれない。初音に言う前に粋を味方につけたかったのに」って言ってたって。「結婚と赤ちゃんのこと、いきなり初音に打ち明けたんじゃゲキレツ怒らせるの目に見えてるから、先に粋に話して、一緒に説得してもらおうと思ってる」って、そう言ってたらしいよ』

「――……っっ」

思わず起き上がる。

「じゃあ……」

怖ろしいことに悩んでいたのではなかったのか。助けを求めてきたのではなかったのか。オレは、花音を見捨ててしまったのではなかったのか。

ためらいまじりに頭をもたげるオレの期待を肯定するように夏流は応じた。

『たぶん彼女が何度も電話してきたのは、ストーカーについての相談じゃなかったんじゃないかな……』

(そうなのか？　花音……)

確かに――先ほど夢に出てきた彼女は、怒ったり、恨んだりしている雰囲気ではなかった。それは彼女の優しさかと思ったけど……、夏流の言葉が正しいと考えていいのか？

ぎゅっと目をつぶる。心のどこかに刺さっていた罪悪感の棘が抜けて、安堵が噴泉のようにあふれ出す。

「……ありがと」

にじみそうになる涙をこらえてつぶやいてから、ふと思いついた。

「初音に電話するの緊張したろ？　本当にサンキューな」

『ぐう……!?』

「ん？」

『いや、緊張なんか！　全っ然大したことじゃないよ』

「そう？　ならいいんだけど……」

まぁ初音は共演者だし、今さら人見知りもしないか。

「でも助かった。救われた。ずっと引きずってたから……」

『そんな、俺のほうこそ「ルシア」の間中、色々教えてもらって、助けてもらって……それだけじゃなくて、もっと前から本当は言いたいことが――』

「言いたいこと？」

『あっ、いや、つまりその、俺は……っ』

その、あの、と何度か口ごもった末、夏流は内臓からしぼり出したような長いため息と共に言った。

『……乙ろま……ダメージなくてよかったなって……』

「あぁ、それな――」

公演五日目に目にした血まみれの非常階段を思い出し、オレの声が重くなる。

初音と対峙(たいじ)したあの時、ルリは動脈まで切っていたらしく、一時は出血多量で深刻な状態だったが、搬送先の病院で何とか一命を取りとめたという。今は落ち着いて警察の聴取にも応じていて、花音の手首を切った件についても罪を認めているため、殺人の容疑で逮捕された。

もちろんその後は大騒ぎになった。

花音の死は当初発表されていた自殺ではなく、グループの元メンバーによる凶行だった――センセーショナルな真相が、一時はＳＮＳの話題を独占した。当初「いじめが原因」などという根拠のない憶測が広がって、乙女(おとめ)ろまん部にも非難が集まったものの、やがて動機はルリの一方的な恋着(れんちゃく)で、そのため以前にも事件を起こしてグループを除名されていたことが報道されると、批判は同情へと変わっていった。追悼(ついとう)番組やイベントが次々企画されてるらしい。

「商業利用されるのは初音も複雑だろうけど……、まぁあいつはそういうの割り切って仕事するだろ」

『あ、あと！　言いたいこと、もうひとつあって……っ』

「おー、何でも言え」

立ち上がって時計を見ると八時だった。いいかげん腹がへった。ぱぱっと夕飯を作ろう。

スマホを肩で押さえて買い物袋から食材を出していく。と、ビニール袋のがさがさする音に交じって、電話の向こうから何度か大きく深呼吸する音が聞こえてきた。

『お、俺は、六年前に粋に出会ってから、ずっと見てきた。ずっと粋に救われ——』

その時、こっちの電話でプッ、プッ、プッと信号音が鳴る。

「わり、キャッチが入った！　ちょっと待ってて」

『あっ……』

ひと言断って通話を切り替え、「もしもし」と応じると、意外な声が返ってきた。

『あ、加瀬です。加瀬藤吾』

「——……っっ!?」

有名演出家からの直電に飛び上がり、手に持っていたキャベツを落としてしまう。

「はっ、はい……！」

『いや、舞台お疲れ様っていうのと、改めて五日目の事故の後のこと、本当に助かったって言っておこうと思って』

「いえ……」

舞台の千秋楽後、いちおう全員での打ち上げはあったのだが、当然というべきか加瀬さんの周りには終始大勢の人間が集まっていて、きちんと言葉を交わす機会がなかった。それを気にしてくれたのか。

マメな人だなと思いながらも神妙に返す。

「わざわざどうも……」

『あの時の夏流、セリフが抜けきってグダグダだったろ？　最悪途中で幕を下ろさなきゃってことまで覚悟した。何とか最後まで続けられたのは君のおかげだった』

「加瀬さんにそう言ってもらえるとうれしいです」

『オレも色々経験してきたけど、こんなに心臓に悪い舞台は久しぶりだったよ』

彼はそのまましばらく公演中の思い出や事件の影響について、軽い口調で話をする。

夏流を待たせていることが気になったものの、相手が相手なため、こっちから用件は何かと切り出すのは気が引けた。そう。取りとめのない雑談に相づちを打ちながら、オレの鼓動はドキドキと騒がしくなっていく。

常時複数の仕事をかけ持つ多忙な演出家が、労(ねぎら)うためだけにわざわざ直接電話をかけてくるだろうか？

（否(いな)！）

期待と興奮は見当違いではないはずだ。

抑えきれない内心を肯定するかのように、しばしの雑談の後、加瀬さんは含みのある口調で言った。

『俳優が売れたいって思うのと同じように、演出家には無名の俳優を自分の手で跳ねさせたいって欲求がある。君はその願いをかなえてくれそうだ』

「機会をもらえれば期待に応える自信はあります！」

ここぞとばかりにやる気と覚悟をアピールする。彼は満足そうに『威勢がいいねぇ』と笑った。

『じゃあ早速なんだけど――』

（ほらほらほら！　来たー!!）

大きな仕事の予感にワクワクが止まらない。舞台だろうか？　はたまたドラマか？　まさか映画とか!?　と満面の笑みで続きを待つ。はたして。

『映画の仕事、興味ある？』

「もちろんです！」

食い気味に即答した。ちょい役でなら何度か出たことがあるが、主要キャストとなると子役の時以来だ。

『実は今度オレの舞台が映画化されるんだけど、準主演に内定していた俳優が、ちょっと……』

加瀬さんがこっそりつぶやいた名前は、最近年上の女優との不倫スキャンダルが発覚した若手俳優だった。おまけにその女優が映画のスポンサー企業の看板ＣＭに出演していたため、映画へのキャスティングにＮＧが出てしまったという。

『で、来月から撮影に入るタイミングで準主役を選び直すっていう事態になってね』

「なんか加瀬さん、そういうの続きますね……」

『この業界、そんなんばっかだよ。それはそれとして会議で候補の役者を何人か出したところ、スポンサー企業が君に食いついて』

「オレ？　でもなんで……」

映画のキャストを決める会議ともなれば、当然取り上げられるのは知名度の高い俳優ばかりだろう。そして自慢ではないがオレは無名だ。

加瀬さんは笑った。

『それがな、君、子供の頃にその企業のＣＭに出てたらしくて、広報部長が覚えてて。シリアルのＣＭだって。覚えてる？』

「あ」

半年分のシリアルをせしめた、あの仕事か。思い出して顔から火が出そうになる。

『その人が懐かしがって、君が今もがんばっていて、この間の舞台でも大活躍した話をしたら、君がいいんじゃないかってことになったんだ。プロデューサーも、君が長いキャリアの中で一度も問題を起こしてない点を評価して……』

「評価そこですか」

不倫スキャンダルに振りまわされている現状、気持ちはわからなくもないが、役者としては微妙だ。

「ちなみにどんな内容なんですか?」

『吸血鬼のバイオリニストと、彼の演奏に惚れ込んだ刑事が主人公。刑事は熱心に推し活するけど、バイオリニストは無骨&がさつな刑事がきらいで超絶塩対応してる。でもある日バイオリニストが事件に巻き込まれて刑事に頼らざるを得なくなる上に、犯人の血を吸ってしまう……みたいなサスペンスコメディ』

舞台にありがちな、観ればおもしろいのだろうけど、あらすじだけではよくわからない内容だ。とりあえず元気よく「わぁ、おもしろそうですね!」と答えておく。

『君には刑事の役をやってもらいたくて』

「やります! まかせてください!」

『バイオリニスト役は香乃夏流』

「ぴったりの配役ですね! ――って、え? 誰って?」

『ようするに夏流と共演。どう?』

「――……」

どうって、それはもちろん。

(最っっ悪!!)

嚙みしめた本音が喉から出ないよう、すんでのところで飲み込んだ。

一ヶ月以上一緒にいて、悪いやつでないことはわかった。さっきの、花音の最後の電話の件についても感謝している。だがこっちのコンプレックスをぐさぐさ刺激してくる相手との共演を喜べるかと問われたなら答えは否である。

苦い気分を嚙みしめつつも、ここは大人な対応をする。

「………イイトオモイマス」

なにはともあれ仕事を得ることが第一である。オファーを断るなどという選択肢は、売れたい役者の宇宙には存在しない。

カーテンを引いていない窓に映る、修行僧のごとき自分の表情を眺めつつ、二、三の伝達事項をやり取りして電話を切った。

（さすがにもう待ってないだろうな――）

そう思いながら切り替えたところ、通話はまだつながっていた。人気俳優は意外に暇なのか？ 首を傾げながら「ごめん」と告げる。

「加瀬さんからだったんで切れなくて……」

『藤吾？』

「吸血鬼なバイオリニストの映画の話、聞いた？」

『キャストが変更になるって話なら……。でも、なんで藤吾が粋にそんな話を？』

「刑事役、オレがやらせてもらえるらしい」

『えっ⁉』

　そう言ってしばし絶句した後、夏流は『ごめん、ちょっと落ち着いてくる』と謎の言葉を残して通話を切る。

「え？　なんて？」

　そう訊き返した時には、ツー、ツー、ツー、という電子音しか聞こえなくなっていた。

（マイペースっていうか、自由なやつだな……）

　よくわからないままスマホを置いて、夕飯の支度を始める。料理二品を作って皿に盛り、ローテーブルの上に湯気の立つ五目あんかけ焼きそばとチンジャオロース、そして冷えた梅サワーの缶を並べる。

「いただきます！」と機嫌よく言い、カシュッと缶を開けたまさにその瞬間、夏流から再び電話がかかってきた。

「考え得るかぎり最悪なタイミングだな!!」

　オレの第一声に、負けないくらい大きな声が返ってくる。

『がんばろうね！』

「は？」

『映画は舞台よりもたくさんの人に観てもらえるし、ここで存在感を見せれば知名度が上がって大きな仕事につながる。俺も全力で取り組むから、最大限チャンスをものにしよう』

　いったい何目線なのか。夏流は決然とそう言った。

「――……」

いや本当に、この抑えきれない興奮を押し殺したような口調は何なのか。わざわざ電話をかけ直してきてまで言うことなのか。何が言いたいのか。せっかく入れ替わりが解決したのに、また関わって万が一が起きたら大変とか考えていないのか。まったくわからない。

（というか……）

夏流は否定していたものの、やっぱりこいつにはどこかオレを特別に意識しているきらいがある。

（何なんだ？）

そういえば夢の中で花音は、夏流はオレを推してるって言ってた。

（けど夏流自身はファンじゃないって言ってたし、お互いの立ち位置的にも絶対それはないよなー）

すでに湯気が落ち着きつつある皿を凝視して考える。――首をひねって考える。

と、ふと閃くことがあった。

（そうか！）

夏流はきっと若くして活躍する叔父に憧れて、尊敬しているのだ。よって加瀬さんが気にかける舞台や役者をずっと一緒に追いかけてきた。オレの舞台もそのひとつ。

デビューした今もオレにこだわるのは、自分が叔父に認められるため、いつか超えなければならない的な目標としてだろう。それならば色々なことに説明がつく気がする。

台本読みの時にオレとトラブったからって花音に相談をしに行ったのも、加瀬さんの手前、稽古場では仲良くしなければならないと考えたから。

今の『がんばろうね』の言葉は、その流れからすると親しみを込めつつの静かなる宣戦布告とも受け取れる。

（そういうことか）

ずっと頭のどこかで引っかかっていた謎が解けてすっきりした。

（けど……それなら簡単に負けるわけにはいかないな！）

「ルシア」に引き続き、自分の将来を左右しかねない大事な仕事だ。改めて気を引き締める。

「おぉ、絶対負けねぇからな！」

前向きなライバル意識を込め、オレは力強く答えた。

第一シードで上り詰めようとしている御曹司に、芸歴の長さが取り柄の庶民のしぶとさ、粘り強さをとくと思い知らせてやろうじゃないか。人気や知名度はともかく、運の良さではオレも負けていないようだから。

そう。今自分には確実に飛躍のための波が来ている。そんな実感が確かにあった。しっかり波に乗る自信もある。ぴくりとも変化のなかった凪の間も、ひたすら地道な努力を重ね、経験と実力をしっかり蓄え続けてきたのだから。その成果が今、問われようとしている。

「簡単に何とかなると思うなよ？　むしろオレがおまえを食ってやるよ」

宣戦布告への挑発まじりの返答に、スマホの向こうで小さな声が、困惑ぎみにつぶやいた。

『戦わなきゃダメ……？』

※この作品はフィクションです。実在の人物・団体・事件などにはいっさい関係ありません。

集英社オレンジ文庫をお買い上げいただき、ありがとうございます。
ご意見・ご感想をお待ちしております。

●あて先
〒101-8050　東京都千代田区一ツ橋2-5-10
集英社オレンジ文庫編集部 気付
ひずき優先生

集英社
オレンジ文庫

謎解きはダブルキャストで

2024年3月23日　第1刷発行

著　者　ひずき優
発行者　今井孝昭
発行所　株式会社集英社
〒101-8050東京都千代田区一ツ橋2-5-10
電話【編集部】03-3230-6352
【読者係】03-3230-6080
【販売部】03-3230-6393（書店専用）
印刷所　TOPPAN株式会社

ISBN 978-4-08-680548-3 C0193

集英社オレンジ文庫

ひずき優

推定失踪
まだ失くしていない君を

外務省キャリアの桐島に謎めいた
メールが届いた。差出人は別れた恋人。
少年兵を救済するNGOに所属し、
半年前から行方不明となっている
彼女の身に一体なにが起きたのか…?

好評発売中
【電子書籍版も配信中　詳しくはこちら→http://ebooks.shueisha.co.jp/orange/】